TRANZLATY

Sprache ist für alle da

Language is for everyone

Cthulhus Ruf

The Call of Cthulhu

H.P. Lovecraft

Deutsch
English

Published by Tranzlaty

ISBN: 978-1-80572-487-2

The Call of Cthulhu

H.P. Lovecraft (1926)

www.tranzlaty.com

www.tranzlaty.com

Der Horror aus Lehm
The Horror Made of Clay

Eines empfinde ich als besonders gnädig.
There is one thing I find particularly merciful.
Die Unfähigkeit des menschlichen Geistes, Ereignisse miteinander in Zusammenhang zu bringen.
The inability of the human mind to correlate events.
Es ist ein Segen, dass wir die Welt nicht verstehen können.
It's a blessing that we can't understand the world.
Wir leben glücklich auf einer friedlichen Insel der Unwissenheit.
We live blissfully on a placid island of ignorance.
Eine Insel inmitten schwarzer Meere der Unendlichkeit.
An island in the midst of black seas of infinity.
Und es war nicht vorgesehen, dass wir weit reisen sollten.
And it was not meant that we should voyage far.
Die Wissenschaften verfolgen jeweils ihre eigenen Ziele.
The sciences each strain in their own directions.
Bislang haben uns die Erkenntnisse der Wissenschaft jedoch kaum geschadet.
But hitherto science's findings have harmed us little.
Doch eines Tages werden die einzelnen Wissensfragmente wieder zusammengefügt.
But some day dissociated knowledge will be pieced together.
Uns werden erschreckende Einblicke in die Realität eröffnen.
Terrifying vistas of reality will open up to us.
Und wir werden uns in einer furchtbaren Lage befinden.
And we will be left in a frightful vantage point.
Entweder wir werden angesichts der uns zuteilgewordenen Offenbarung verrückt werden.
We will either go mad from the revelation we are given.
Oder wir werden vor dem tödlichen Licht fliehen, das wir sehen werden.
Or we will flee from the deadly light that we will see.

**Wir werden vor dem Wissen fliehen, das wir immer
angestrebt haben.**
We will run from the knowledge we had always pursued.
**Und wir werden den Frieden und die Sicherheit eines neuen
dunklen Zeitalters suchen.**
And we will seek the peace and safety of a new dark age.
Theosophen haben die Dimensionen des Kosmos erahnt.
Theosophists have guessed at the scale of the cosmos.
**Unsere Welt ist nur ein vorübergehendes Ereignis in diesem
Zyklus.**
Our world is but a transient incident in this cycle.
Die Menschheit spielt im Universum nur eine geringe Rolle.
The human race plays but a little role in the universe.
**Die Theosophen haben auf seltsame Überlebensmethoden
angespielt.**
The theosophists have hinted at strange methods of survival.
**Doch ihre Vorschläge würden einem vernünftigen
Menschen das Blut in den Adern gefrieren lassen.**
But their suggestions would freeze a rational man's blood.
Nur der Optimismus ihrer Ideen verbirgt den Schrecken.
Only the optimism of their ideas hides the horror.
**Aber es sind nicht ihre Ideen, die mich am meisten
erschaudern lassen.**
But it is not their ideas that chill me the most.
Etwas anderes erfüllt mich mit Schrecken.
It is something else that fills me with terror.
**Den einzigen Blick auf verbotene Äonen, den ich je erhascht
habe.**
The single glimpse of forbidden eons I have seen.
**Wenn ich an das denke, was ich gesehen habe, stockt mir
das Blut in den Adern.**
When I think of what I saw my blood stands still.
**Seit diesem flüchtigen Blick plagen mich Unruhen in
meinen Träumen.**
Restlessness plagues my dreams since that glimpse.
**Es ereignete sich für mich wie alle gefürchteten Einblicke in
die Wahrheit.**

It came to me like all dreaded glimpses of truth.

Ein zufälliges Zusammenfügen getrennter Dinge.

An accidental piecing together of separated things.

Ein alter Zeitungsartikel und die Aufzeichnungen eines verstorbenen Professors.

An old newspaper item and the notes of a dead professor.

Blitzschnell fügte sich alles vor meinen Augen zusammen.

In a flash everything was pieced together before me.

Ich hoffe, niemand sonst wird zu dieser schrecklichen Erkenntnis gelangen.

I hope no one else will accomplish this terrible insight.

Wenn ich denn lebe, werde ich ganz sicher niemandem dabei helfen, das zu erfahren.

Certainly, if I live, I shall never help anyone to know it.

Ich werde niemals wissentlich ein Glied in einer so abscheulichen Kette liefern.

I shall never knowingly supply a link in so hideous a chain.

Ich glaube, dass auch der Professor die Absicht hatte, zu schweigen.

I think that the professor, too, intended to keep silent.

Er hatte nicht die Absicht, die Geheimnisse, die er kannte, preiszugeben.

He didn't mean to share the secrets that he knew.

Und ich bin mir sicher, dass er seine Notizen vernichtet hätte.

And I'm sure he would have destroyed his notes.

Wenn er nicht plötzlich und unter verdächtigen Umständen ums Leben gekommen wäre.

If he had not been seized by sudden and suspicious death.

***

Meine Kenntnisse darüber begannen im Winter 1926/27.

My knowledge of the thing began in the winter of 1926-27.

Mein Großonkel war der Professor George Gammell Angell.

My great-uncle was the professor George Gammell Angell.

Er war emeritierter Professor für semitische Sprachen.

He was the Professor Emeritus of Semitic languages.
Er hielt Vorlesungen an der Brown University in Providence, Rhode Island.
He lectured in Brown University, Providence, Rhode Island.
Sein Tod im Alter von zweiundneunzig Jahren war der Auslöser für das Ereignis.
His death, at the age of ninety-two, triggered the event.
Er war weithin als Autorität auf dem Gebiet antiker Inschriften bekannt.
He was widely known as an authority on ancient inscriptions.
Die Leiter namhafter Museen suchten seinen Rat aufgrund seiner Expertise.
Heads of prominent museums came to him for his expertise.
Sein Tod wurde daher von vielen in akademischen Kreisen bemerkt.
So his death was noticed by many within academic circles.
Das Interesse wurde durch die Unklarheit seiner Todesumstände noch verstärkt.
Interest was intensified by the obscurity of his death.
Es geschah, als er gerade von dem Newport-Boot ausstieg.
It occurred as he was disembarking from the Newport boat.
Zeugen zufolge hatte ihn ein dunkelhäutiger, seemannsähnlicher Mann angerempelt.
Witnesses say a dark nautical-looking fellow had jostled him.
Nach dem Schlag sei er plötzlich zusammengebrochen, sagten Zeugen.
After being stricken, he fell suddenly, witnesses say.
Die Ärzte konnten keine sichtbare Erkrankung feststellen.
Physicians were unable to find any visible disorder.
Nach einigen ratlosen Diskussionen kamen sie zu ihrem Schluss.
After some perplexed debate they reached their conclusion.
„Es muss sich um eine Herzverletzung gehandelt haben", waren sie sich einig.
"It must have been a lesion of the heart," they agreed.
„Schließlich war er ja schon ein recht älterer Herr", fügten sie hinzu.

"After all, he was rather an elderly man," they added.
„Der rasche Aufstieg auf den steilen Hügel führte zu seinem Tod."
"the brisk ascent of the steep hill caused his end."
Damals sah ich keinen Grund, von diesem Diktum abzuweichen.
At the time I saw no reason to dissent from this dictum.
Doch in letzter Zeit neige ich dazu, an ihrer Schlussfolgerung zu zweifeln.
But latterly I am inclined to wonder about their conclusion.
Und ich frage mich nicht nur, ob sie Recht hatten.
And I do more than just wonder if they were right.

***

Mein Großonkel starb als kinderloser Witwer.
My grand-uncle died alone as a childless widower.
Und so wurde ich Erbe und Testamentsvollstrecker seines Besitzes.
And so I became heir and executor to his possessions.
Ich sollte also seine Unterlagen und Schriften durchgehen.
So I was expected to go over his papers and writings.
Ich habe seinen gesamten Satz an Akten und Kartons in mein Haus in Boston gebracht.
I moved his entire set of files and boxes to my Boston home.
Ein Großteil des von mir gesammelten Materials wird später veröffentlicht werden.
Much of the materials I collected will later be published.
Viele Akademiker in seinem Fachgebiet zeigten großes Interesse an seiner Arbeit.
Many academics in his field took great interest in his work.
Die amerikanische archäologische Gesellschaft verließ sich stark auf ihn.
The American archeological society relied on him greatly.
Aber eine Kiste fand ich überaus rätselhaft.
But there was one box which I found exceedingly puzzling.

Ich hatte eine große Abneigung dagegen, diese Dateien anderen zu zeigen.
I felt much averse from showing these files to other eyes.
Die Kiste war im Gegensatz zu den anderen Kisten verschlossen.
The box had been locked, unlike the other boxes.
Und zunächst fand ich keinen Schlüssel, der diese Kiste öffnen würde.
And initially I found no key that would open this box.
Doch dann fiel mir der Aufbewahrungsort des Schlüssels ein.
But then the location of the key occurred to me.
Der Professor trug immer einen Schlüsselanhänger in der Tasche.
The professor always carried a keyring in his pocket.
Es war tatsächlich einer dieser Schlüssel, der die Schachtel öffnete.
It was indeed one of these keys that opened the box.
Doch in der Box befand sich eine noch strenger verschlossene Barriere.
But in the box was a still more closely locked barrier.
Welche Bedeutung könnte das queere Basrelief haben?
What could be the meaning of the queer bas-relief?
Dem Flachrelief waren verschiedene Papierschnitte beigefügt.
Various paper cuttings accompanied the bas-relief.
Worauf bezogen sich die zusammenhanglosen Notizen und wirren Ausführungen?
What did the disjointed jottings and ramblings allude to?
War mein Onkel etwa leichtgläubig gegenüber oberflächlichen Täuschungen geworden?
Had my uncle become credulous to superficial impostures?
Vielleicht ließ sein kritisches Denken in seinen späteren Jahren nach.
Perhaps in his later years his criticalness thought slowed.
Jemand hatte den Seelenfrieden dieses alten Mannes gestört.
Someone had disturbed this old man's peace of mind.

Und so beschloss ich, den exzentrischen Bildhauer ausfindig zu machen.
And so I resolved to locate the eccentric sculptor.
Der Mann, der die seltsame Besessenheit meines Onkels in Gang setzte.
The man who set in motion my uncle's strange obsession.

***

Das Flachrelief hatte annähernd die Form eines Rechtecks.
The bas-relief was roughly shaped like a rectangle.
Die rechteckige Form war weniger als einen Zoll dick.
The rectangular shape was less than an inch thick.
Das Flachrelief hatte eine Fläche von etwa fünf mal sechs Zoll.
And the bas-relief was about five by six inches in area.
Es war offensichtlich, dass das Flachrelief modernen Ursprungs war.
It was obvious that the bas-relief was of modern origin.
Die Entwürfe wirkten jedoch alles andere als modern.
The designs, however, were far from modern in atmosphere.
Die Inschriften deuteten auf eine viel ältere Zivilisation hin.
The inscriptions suggested a far older civilization.
Die Launen des Kubismus und Futurismus waren zahlreich und wild.
The vagaries of cubism and futurism were many and wild.
Normalerweise führen solche Muster jedoch nicht zu Regelmäßigkeiten.
But normally such patterns fail to produce regularity.
Die rätselhafte Regelmäßigkeit, die in prähistorischen Schriften verborgen liegt.
The cryptic regularity which lurks in prehistoric writing.
Diese Regelmäßigkeit war im Flachrelief mit Sicherheit vorhanden.
This regularity was certainly present in the bas-relief.
Ich war mir sicher, dass die Inschriften ein Schriftsystem darstellten.

I was certain the inscriptions represented a writing system.
Ich war mit den Papieren meines Onkels einigermaßen vertraut.
I had some familiarity with the papers of my uncle.
Und ich hatte mir seine gesamten Sammlungen und Werke angesehen.
And I had looked through all of his collections and works.
Ich konnte jedoch keine vergleichbaren Texte finden.
But I failed to find any writing that was similar.
Ich konnte dieses Alphabet geografisch in keiner Weise einordnen.
I could not geographically place this alphabet in any way.
Ich konnte auch nicht erraten, aus welcher Zeit diese Schrift stammt.
Nor could I guess from what time this writing came from.
Über diesen scheinbaren Hieroglyphen befand sich eine Figur.
Above these apparent hieroglyphics there was a figure.
Die Abbildung diente offensichtlich nur bildlicher Natur.
The figure was evidently only of pictorial intent.
Der impressionistische Charakter des Bildes trug zum Geheimnis bei.
The impressionism of the picture added to the mystery.
Über die Natur des Wesens ließ sich keine klare Vorstellung gewinnen.
No clear idea of the creature's nature could be discerned.
Das Wesen schien eine Art Monster zu sein.
The creature seemed to be a monster, of some sort.
Oder das Symbol stellte irgendeine Art von Monster dar.
Or the symbol represented a monster, of some sort.
Nur ein kranker Geist könnte sich eine solche Form ausdenken.
Only a diseased mind could conceive of such a form.
Meine Fantasie erzeugte gleichzeitig verschiedene Bilder.
My imagination yielded different pictures simultaneously.
Aber meine Fantasie ist vielleicht auch etwas übertrieben.
But my imagination may also be somewhat extravagant.

Ein Oktopus, ein Drache und außerdem eine menschliche Karikatur.

An octopus, a dragon, and also a human caricature.

Ich werde versuchen, dem Geist der Sache gerecht zu werden.

I shall try not be unfaithful to the spirit of the thing.

Ein fleischiger, tentakelbewehrter Kopf krönte einen schuppigen Körper.

A pulpy, tentacled head surmounted a scaly body.

Aus der grotesken Gestalt ragten rudimentäre Flügel hervor.

Rudimentary wings protruded from the grotesque shape.

Aber die Gestalt des Monsters war noch nicht einmal das Schlimmste.

But the shape of the monster wasn't even the worst part.

Der Hintergrund des Bildes war noch viel beängstigender.

The background of the picture was even more frightening.

Die Landschaft ließ vage an eine andere Zivilisation denken.

The scenery had a vague suggestion of another civilization.

Zyklopenarchitektur aus einem vergessenen Teil der Welt.

Cyclopean architecture from a forgotten part of the world.

***

Zu dem Kuriosum gab es lediglich einige Notizen und Zeitungsausschnitte.

Only some notes and press cuttings accompanied the oddity.

Die Zeitungsausschnitte schienen nur lose miteinander in Zusammenhang zu stehen.

The press cuttings seemed to be only vaguely related.

Die handgeschriebenen Notizen stammten alle von meinem Onkel.

The hand written notes were all from my uncle.

Seine Aufzeichnungen gaben jedoch keinerlei Anspruch auf einen bestimmten literarischen Stil.

But his notes made no pretense to any literary style.

Es gab keinen Ordnungsmechanismus für die einzelnen Dokumente.

There was no ordering mechanism to any of the papers.

Obwohl es anscheinend ein Masterdokument für die Notizen gab.

Although there seemed to be a master document to the notes.

Dieses Dokument wurde dem Cthulhu-Kult zugeschrieben.

This document was ascribed to the cult of Cthulhu

Die Buchstaben des Wortes waren mühsam ausgeschrieben worden.

The word's letters had been painstakingly written out.

Es sollte keine Fehlinterpretationen von unbekannten Wörtern geben.

There should be no erroneous reading of the unheard of word.

Dieses Cthulhu-Manuskript war in zwei Teile gegliedert;

This Cthulhu manuscript was divided into two sections;

Das erste Manuskript trug folgenden Titel:

The first manuscript was titled the following:

„1925 – Traum und Traumarbeit von H. A. Wilcox"

"1925 - Dream and Dream Work of H. A. Wilcox"

"7 Thomas St., Providence, Road Island"

"7 Thomas St., Providence, Road Island"

Und das zweite Manuskript trug folgenden Titel:

And the second manuscript was titled the following:

„Bericht von Inspektor John R. Legrasse "

"Narrative of Inspector John R. Legrasse"

"121 Bienville St., New Orleans, 1908 Meetings."

"121 Bienville St., New Orleans, 1908 Meetings."

„Anmerkungen dazu und Prof. Webbs Bericht über die Ereignisse"

"Notes on Same, & Prof. Webb's account of events"

Bei den übrigen Manuskripten handelte es sich ausschließlich um kurze Notizen.

The other manuscript papers were all brief notes.

Einige Manuskripte beschrieben die seltsamen Träume verschiedener Personen.

Some manuscripts described the queer dreams of different persons.

Einige Manuskripte wurden aus theosophischen Büchern und Zeitschriften zitiert.

Some manuscripts cited from theosophical books and magazines.

Bemerkenswerterweise stammten die meisten dieser Zitate von W. Scott-Eliott.

Notably, most of these citations were from W. Scott-Eliott.

Die Notizen bezogen sich hauptsächlich auf Atlantis und das verlorene Lemuria.

Mainly the notes referenced Atlantis and the Lost Lemuria.

Die anderen Notizen befassten sich mit lange bestehenden Geheimgesellschaften.

The other notes commented on long-surviving secret societies.

Verborgene Kulte, die möglicherweise noch irgendwo existieren.

Hidden cults that may or may not still exist somewhere.

Zwei Bücher schienen den Großteil der Informationen zu liefern;

Two books seemed to provide most of the information;

Miss Murrays Hexenkult in Westeuropa.

Miss Murray's Witch-Cult in Western Europe.

Dieses Buch beschreibt die mythologischen Quellen sehr detailliert.

This book thoroughly detailed Mythological sources.

Und Frazers Golden Bough lieferte anthropologische Quellen.

And Frazer's Golden Bough provided anthropological sources.

***

Die Zeitungsausschnitte spielten größtenteils auf absonderliche Geisteskrankheiten an.

The cuttings largely alluded to outré mental illnesses.

Ausbrüche von kollektiver Torheit und Manie im Frühjahr 1925.

Outbreaks of group folly and mania in the spring of 1925.

**Die erste Hälfte des Manuskripts erzählte eine sehr
eigentümliche Geschichte.**

The first half of the manuscript told a very peculiar tale.

**Am 1. März 1925 kam ein dünner, dunkelhäutiger junger
Mann zu meinem Onkel.**

1925, the 1st of March, a thin dark young man came to my
uncle.

**Das Manuskript beschreibt seinen neurotischen und
aufgeregten Charakter.**

The manuscript describes his neurotic and excited aspect.

Und er trug das seltsame Flachrelief bei sich.

And he bore with him the strange bas-relief.

**Zu jener Zeit war das Basrelief außerordentlich feucht und
frisch.**

At that time the bas-relief was exceedingly damp and fresh.

Auf seiner Karte stand der Name Henry Anthony Wilcox.

His card bore the name of Henry Anthony Wilcox.

Und mein Onkel hatte ihn ein wenig erkannt.

And my uncle had slightly recognized who he was.

Er war der jüngste Sohn einer ausgezeichneten Familie.

He was the youngest son of an excellent family.

Zuletzt hatte er in Rhode Island Bildhauerei studiert.

Latterly he had been studying sculpture at Rhode Island.

Er wohnte allein im Fleur-de-Lys-Gebäude.

He lived alone at the Fleur-de-Lys Building.

**Seine Wohnungen befanden sich in der Nähe der
Universität.**

His residences were near the university.

Wilcox war ein frühreifer Jüngling von bekanntem Genie.

Wilcox was a precocious youth of known genius.

Er war aber auch für seine große Exzentrik bekannt.

But he was also known for his great eccentricity.

Schon als Kind erregte er die Aufmerksamkeit anderer.

From childhood he had excited the attention of others.

**Er erzählte seltsame Geschichten, die ihm niemand erzählt
hatte.**

He told of strange stories no one had told him about.

Und er pflegte von seltsamen Träumen zu erzählen.

And he was in the habit of relating strange dreams.

Er bezeichnete sich selbst als „psychisch hypersensibel".

He described himself as "psychically hypersensitive".

Doch die Menschen in seinem Umfeld hatten andere Beschreibungen für ihn.

But those around him had other descriptions for him.

Sie waren die beschaulichen Bewohner der alten Handelsstadt.

They were staid folk of the ancient commercial city.

Und sie taten ihn einfach als seltsam und "komisch" ab.

And they dismissed him as merely strange and "queer".

Und so mischte er sich nie viel unter seinesgleichen.

And so he never mingled much with his kind.

Und er war allmählich aus der gesellschaftlichen Wahrnehmung verschwunden.

And he had dropped gradually from social visibility.

Heute ist er nur noch einem kleinen Kreis von Ästheten bekannt.

Now he is known only to a small group of esthetes.

Und diejenigen, die ihn kannten, kamen zumeist aus anderen Städten.

And those who knew him came mostly from other towns.

Sogar der Kunstclub von Providence hielt ihn für völlig hoffnungslos.

Even the Providence art club had found him quite hopeless.

Natürlich waren sie sehr darauf bedacht, ihren Konservatismus zu bewahren.

Of course they were anxious to preserve their conservatism.

***

Das Manuskript des Professors beschrieb weiterhin den Besuch.

The professor's manuscript continued to describe the visit.

Der Bildhauer fragte seinen Gastgeber unvermittelt nach dessen archäologischen Kenntnissen.

The sculptor abruptly asked for his host's archeological knowledge.

Er wollte, dass er die Hieroglyphen auf dem Flachrelief identifiziert.

He wanted him to identify the hieroglyphics on the bas-relief.

Er sprach in einem verträumten und ziemlich gestelzten Ton.

He spoke in a dreamy and rather stilted manner.

Seine Rede wirkte affektiert und verprellte Sympathie.

His speech suggested pose and alienated sympathy.

Und mein Onkel zeigte in seiner Antwort eine gewisse Schärfe.

And my uncle showed some sharpness in his reply.

Weil das Flachrelief noch deutlich frisch wirkte.

Because the bas-relief was still conspicuously freshness.

Es bestand also keinerlei Notwendigkeit für eine Verwandtschaft mit der Archäologie.

So there was no need for any kinship with archeology.

Die Erwiderung des jungen Wilcox war von fantastisch poetischer Qualität.

Young Wilcox's rejoinder was of a fantastically poetic cast.

Mein Onkel muss von der Antwort beeindruckt gewesen sein.

My uncle must have been impressed with the reply.

Und er protokollierte Wilcox' Antwort wortgetreu.

And he recorded the reply of Wilcox verbatim.

„Das Flachrelief ist in der Tat noch auffallend frisch."

"The bas-relief is indeed still conspicuously fresh."

„Weil ich dieses Flachrelief letzte Nacht nach einem Traum angefertigt habe."

"Because I made this bas-relief last night, after a dream."

„Ein Traum von fremden Städten und noch fremderen Menschen."

"A dream of strange cities and stranger people."

„Und Träume sind älter als der grüblerische Tyros."

"And dreams are older than brooding Tyros."

„Träume sind älter als die nachdenkliche Sphinx."

"Dreams are older than the contemplative Sphinx."

„Und Träume sind älter als das von Gärten umgebene Babylon."

"And dreams are older than the garden-girdled Babylon."

Diese Art zu sprechen erwies sich als charakteristisch für ihn.

This type of speech turned out to be characteristic of him.

Dann begann er diese ausschweifende Geschichte.

It was then that he began that rambling tale.

Die Geschichte, die plötzlich eine schlummernde Erinnerung weckte.

The tale which suddenly played upon a sleeping memory.

Die Geschichte, die das leidenschaftliche Interesse meines Onkels weckte.

The tale that won the fevered interest of my uncle.

***

In der Nacht zuvor hatte es ein leichtes Erdbeben gegeben.

There had been a slight earthquake tremor the night before.

Das stärkste Beben, das Neuengland seit Jahren verspürt hatte.

The most considerable tremor New England had felt for some years.

Wilcox' Fantasie war durch das Erdbeben stark beeinträchtigt worden.

Wilcox's imagination had been keenly affected by the earthquake.

Er hatte einen beispiellosen Traum von gewaltigen Zyklopenstädten gehabt.

He had had an unprecedented dream of great Cyclopean cities.

Er träumte von Titanenblöcken und himmelwärts ragenden Monolithen.

He dreamed of Titan blocks and sky-flung monoliths.

Die gesamte Architektur war von grünem Schleim trieft.
All the architecture was dripping with green ooze.
Und seine Träume waren unheimlich und voller verborgenem Schrecken.
And his dreams were sinister with latent horror.
Wände und Säulen waren mit Hieroglyphen bedeckt.
Hieroglyphics had covered the walls and pillars.
Von irgendwoher unten kam ein Geräusch.
From somewhere underneath there came a sound.
Es klang wie eine Stimme, aber es war keine Stimme.
The sound was of a voice, but it was not a voice.
Ein chaotisches Gefühl, das nur die Fantasie in Klang verwandeln kann.
A chaotic sensation which only fancy could transmute into sound.
Er versuchte, das fast unaussprechliche Wort auszusprechen.
He attempted to say the almost unpronounceable word.
Ein Wirrwarr unwahrscheinlicher Buchstaben; "Cthulhu fhtagn ".
A jumble of unlikely letters; "Cthulhu fhtagn".
Dieses Wortwirrwarr war der Schlüssel zur Erinnerung meines Onkels.
This verbal jumble was the key to my uncle's recollection.
Dieses seltsame Geräusch erregte und beunruhigte Professor Angell zugleich.
This strange sound excited and disturbed Professor Angell.
Er befragte den Bildhauer mit wissenschaftlicher Akribie.
He questioned the sculptor with scientific minuteness.
Er studierte das Flachrelief mit beinahe fieberhafter Intensität.
He studied the bas-relief with almost frantic intensity.
Mein Onkel schob die Schuld auf sein hohes Alter, sagte Wilcox später.
My uncle blamed his old age, Wilcox afterward said.
In seiner Jugend hätte er die Hieroglyphen erkannt.
In his younger days he would have recognized the hieroglyphics.

Die bildliche Darstellung hätte seinen scharfen Verstand nicht verwirrt.

The pictorial design wouldn't have puzzled his sharper mind.

Viele seiner Fragen erschienen seinem Besucher völlig unangebracht.

Many of his questions seemed highly out of place to his visitor.

Er versuchte, ihn mit seltsamen mythologischen Kulten in Verbindung zu bringen.

He tried to connect him to strange mythological cults.

Er versuchte, ihn dazu zu bringen, seine Zugehörigkeit zu Geheimbünden zuzugeben.

He tried to get him to admit affiliation to secret societies.

Mein Onkel hat sogar versprochen, das Geheimnis seines Besuchers zu bewahren.

My uncle even promised to keep his visitor's secret.

„Gehören Sie nicht einer weitverbreiteten mystischen Gruppe an?"

"Are you not part of a widespread mystical group?"

„Sind Sie nicht Mitglied einer heidnischen Religionsgemeinschaft?"

"Are you not a member of a paganly religious body?"

Schließlich war er davon überzeugt, dass der Bildhauer kein Mitglied war.

Eventually he became convinced the sculptor wasn't a member.

Er war tatsächlich völlig unwissend über jegliche Kulte oder Systeme kryptischer Überlieferungen.

He was indeed ignorant of any cult or system of cryptic lore.

Er bedrängte seinen Besucher mit Forderungen nach zukünftigen Berichten seiner Träume.

He besieged his visitor with demands for future reports of dreams.

Diese ungewöhnliche Anfrage brachte regelmäßig interessante Ergebnisse hervor.

This strange request bore regular and interesting fruit.

***

Nach dem ersten Interview werden im Manuskript täglich Anrufe vermerkt.

After the first interview the manuscript records daily calls.

Er berichtete von verblüffenden Bruchstücken nächtlicher Bilder.

He related startling fragments of nocturnal imagery.

Seine Träume hatten immer die gleichen Themen.

There were always the same themes in his dreams.

Ein schrecklicher, kyklopischer Anblick aus dunklem, tropfendem Gestein.

A terrible Cyclopean vista of dark and dripping stone.

Eine unterirdische Stimme oder Intelligenz schreit monoton.

A subterranean voice or intelligence shouting monotonously.

Zwei Geräusche schienen sich in seinen Träumen zu wiederholen.

Two sounds seemed to repeat themselves in his dreams.

Doch diese Geräusche waren genauso rätselhaft wie die anderen Geräusche.

But these sounds were as enigmatic as the other sounds.

Die Laute können nur durch die Buchstaben "Cthulhu" und " R'lyeh " wiedergegeben werden.

The sounds can only be rendered by the letters "Cthulhu" and "R'lyeh".

Am 23. März, so heißt es im Manuskript weiter, erschien Wilcox nicht.

On March 23rd, the manuscript continued, Wilcox failed to come.

Mein Onkel erkundigte sich in der Gegend, in der er sich aufhielt.

My uncle made inquiries at the quarters of his whereabouts.

In jener Nacht war er von einer unerklärlichen Art von Fieber befallen worden.

That night he had been stricken with an obscure sort of fever.

Und er wurde in das Haus seiner Familie in der Waterman Street gebracht.

And he was taken to the home of his family in Waterman Street.

In jener Nacht hatte er in einem seiner Träume geschrien.

That night he had cried out in one of his dreams.

Seine Rufe weckten mehrere andere Künstler im Gebäude auf.

His cries aroused several other artists in the building.

Und er befand sich in einem Wechselspiel zwischen Bewusstlosigkeit und Delirium.

And he was between alternations of unconsciousness and delirium.

Mein Onkel rief sofort die Familie Wilcox an.

My uncle at once telephoned the family of Wilcox.

Und von da an verfolgte er den Fall aufmerksam.

And from that time forward he kept close watch of the case.

Er rief oft in der Praxis von Dr. Tobey in der Thayer Street an.

He called often at the Thayer Street office of Dr. Tobey.

Dr. Tobey war für den Zustand des Patienten zuständig.

Dr. Tobey was in charge of the patient's condition.

Der fiebrige Geist des jungen Mannes kreiste um seltsame Dinge.

The youth's febrile mind was dwelling on strange things.

Der Arzt schauderte hin und wieder, als er von den Träumen erzählte.

The doctor shuddered now and then as he spoke of the dreams.

In den Träumen wurden viele der früheren Themen wiederholt.

The dreams repeated a lot of the earlier themes.

Doch nun erwähnten seine Träume etwas Neues.

But now his dreams made mention of something new.

Ein gigantisches Ding, "meilenhoch", das umherging oder schwerfällig umherstapfte.

A gigantic thing "a miles high" which walked, or lumbered about.

Er beschrieb dieses Objekt zu keinem Zeitpunkt detailliert.

He at no time fully described this object in any detail.
Doch Dr. Tobey übermittelte die verzweifelten Worte seines Patienten.
But Dr. Tobey relayed the frantic words of his patient.
Und der Professor wurde sich zunehmend sicher, worum es sich handelte.
And the professor became increasingly certain of what it was.
Das namenlose Monstrum, das er in seiner Skulptur darzustellen suchte.
The nameless monstrosity he had sought to depict in his sculpture.
Der Arzt hatte das von ihm angefertigte Basrelief erwähnt.
The doctor had mentioned the bas-relief he had made.
Diese Erwähnung leitet das Verfallen des jungen Mannes in Lethargie ein.
This mention preludes the young man's subsidence into lethargy.
Seine Temperatur lag seltsamerweise nicht wesentlich über dem Normalwert.
His temperature, oddly enough, was not greatly above normal.
Sein Allgemeinzustand ließ jedoch vermuten, dass er Fieber hatte.
But his general condition suggested he was in a fever.
Fieber, im Gegensatz zu einer psychischen Störung.
A fever, as opposed to being in the grasp of a mental disorder.

***

Am 2. April gegen 15 Uhr hörte das Fieber auf.
On April 2nd at about 3 p.m. the fever came to an end.
Jede Spur von Wilcox' Krankheit verschwand plötzlich.
Every trace of Wilcox's malady suddenly ceased.
Er saß aufrecht im Bett, als wäre er gerade aus einem normalen Schlaf erwacht.
He sat upright in bed as if waking up from regular sleep.
Er war erstaunt, sich im Haus seiner Eltern wiederzufinden.

He was astonished to find himself at his parents' home.

Und er hatte keine Ahnung, was geschehen war.

And he was completely ignorant of what had happened.

Weder Traum noch Wirklichkeit hatten einen Eindruck auf ihn gemacht.

Neither dream nor reality had made an impression on his mind.

Dr. Tobey erklärte ihn für geeignet, aus seiner Behandlung entlassen zu werden.

Dr. Tobey pronounced him fit to be dismissed from his care.

Und drei Tage später kehrte er in sein Quartier zurück.

And he returned to his quarters three days later.

Professor Angell konnte er jedoch nicht weiterhelfen.

But to Professor Angell he was of no further assistance.

Mit seiner Genesung waren alle Spuren seiner seltsamen Träume verschwunden.

All traces of strange dreaming had vanished with his recovery.

Eine Woche lang erzählte er von zusammenhanglosen und völlig gewöhnlichen Visionen.

For a week he recounted irrelevant and thoroughly usual visions.

Und mein Onkel hat keine weiteren Aufzeichnungen über seine nächtlichen Gedanken angefertigt.

And my uncle kept no further record of his night-thoughts.

An dieser Stelle endete der erste Teil des Manuskripts.

At this point the first part of the manuscript ended.

Meine Forschung war jedoch noch lange nicht abgeschlossen.

But my research was still anything but concluded.

Verweise auf verstreute Notizen halfen dabei, die Puzzleteile zusammenzusetzen.

References to scattered notes helped piece things together.

Und es gab mehr als genug Stoff zum Nachdenken.

And there was more than enough material for thought.

Mein Misstrauen gegenüber dem Künstler hatte sich noch immer nicht gelegt.

My distrust of the artist had still not subsided.

Dies war jedoch größtenteils auf meine tief verwurzelte Skepsis zurückzuführen.

But this was largely a result of my ingrained skepticism.

Die Aufzeichnungen beschrieben die Träume verschiedener Personen.

The notes described the dreams of various persons.

Diese Träume ereigneten sich alle, während der junge Wilcox Fieber hatte.

These dreams all occurred while young Wilcox was in his fever.

Mein Onkel hat offenbar keine Zeit verschwendet, die Daten zu sammeln.

My uncle, it seems, wasted no time in collecting the data.

Er hatte rasch eine ungeheuer weitreichende Reihe von Untersuchungen in Gang gesetzt.

He had quickly instituted a prodigiously far-flung body of inquiries.

Jeden Freund, der keine Unverschämtheit zeigte, befragte er.

Any friend that didn't show impertinence he questioned.

Er verlangte von ihnen jeden Abend einen Bericht über ihre Träume.

He requested from them nightly reports of their dreams.

Und er fragte, ob sie in letzter Zeit irgendwelche bemerkenswerten Visionen gehabt hätten.

And he asked if they had had any notable visions of late.

Die Reaktionen auf seine Anfrage scheinen unterschiedlich ausgefallen zu sein.

The reception of his request seems to have been varied.

An Antworten mangelte es aber gewiss nicht.

But there was certainly no shortage in replies.

Kein gewöhnlicher Mensch hätte die Antworten allein bewältigen können.

No ordinary man could have handled the replies alone.

Die Originalkorrespondenz ist nicht erhalten geblieben.

The original correspondences were not preserved.

Seine Aufzeichnungen bildeten jedoch eine gründliche und aussagekräftige Zusammenfassung.

But his notes formed a thorough and significant digest.

***

Zunächst hatte er sich an Durchschnittsmenschen in der Gesellschaft gewandt.
Initially he had approached average people in society.
Neuenglands traditionelles „Salz der Erde".
New England's traditional "salt of the earth".
Diese Gruppe lieferte jedoch ein nahezu durchweg negatives Ergebnis.
But this group gave an almost completely negative result.
Allerdings gab es auch in dieser Gruppe einige Ausnahmen.
Though there were some exceptions to this group too.
Vereinzelt auftretende, beunruhigende, aber formlose nächtliche Eindrücke.
Scattered cases of uneasy but formless nocturnal impressions.
Ihre Berichte erschienen stets zwischen dem 23. März und dem 2. April.
Their reports were always between March 23rd and April 2nd.
Dies fiel zeitlich mit dem Delirium des jungen Wilcox zusammen.
This aligned with the same period of young Wilcox's delirium.
Die Wissenschaftler waren nur geringfügig stärker betroffen.
Men of science had been only a little more affected.
Obwohl vier Fälle mit unklarer Beschreibung von Interesse waren.
Though four cases of vague description were of interest.
Sie hatten flüchtige Blicke auf fremde Landschaften erhascht.
They had had fugitive glimpses of strange landscapes.
Und in einem Fall wurde die Befürchtung vor etwas Ungewöhnlichem erwähnt.
And in one case a dread of something abnormal was mentioned.

Von den Künstlern und Dichtern kamen die passenden Antworten.

It was from the artists and poets that the pertinent answers came.

Es ist ein Glück, dass niemand die Möglichkeit hatte, seine Erfahrungen auszutauschen.

It is a blessing no one had been able to compare notes.

Es wäre eine Panik ausgebrochen, hätten sie ihre Visionen geteilt.

Panic would have broken loose had they shared their visions.

Dies konnte jedoch meine tiefsitzende Skepsis nicht zerstreuen.

This, however, did not dispel my ingrained skepticism.

Andere wären vielleicht viel schneller zu mythischen Schlussfolgerungen gelangt.

Others might have come to mythical conclusions much quicker.

Die Originalbriefe fehlten jedoch in den Aufzeichnungen.

But the original letters were lacking from the notes.

Ich hatte den Verdacht, dass der Verfasser suggestive Fragen gestellt hatte.

I half suspected the compiler of having asked leading questions.

Oder vielleicht waren die Korrespondenzen nicht ganz originell.

Or perhaps the correspondences weren't entirely original.

Vielleicht hatte mein Onkel beschlossen, Wilcox' Träume zu bestätigen.

Perhaps my uncle had resolved to confirm Wilcox's dreams.

Deshalb blieb ich dem Bildhauer gegenüber weiterhin misstrauisch.

That is why I continued to feel suspicious of the sculptor.

Vielleicht waren ihm die alten Daten meines Onkels noch bekannt.

Perhaps he was still cognizant of my uncle's old data.

Vielleicht hatte er den erfahrenen Wissenschaftler belästigt.

Perhaps he had been imposing on the veteran scientist.

Dennoch mussten die bestätigenden Daten untersucht werden.

Nonetheless, the corroborating data had to be investigated.

***

Die Antworten der Ästheten erzählten eine beunruhigende Geschichte.

The responses from the esthetes told a disturbing tale.

Vom 28. Februar bis zum 2. April stimmten ihre Träume überein.

From February 28th to April 2nd their dreams aligned.

Und ein großer Teil von ihnen hatte sehr bizarre Träume gehabt.

And a large proportion of them had dreamed very bizarre things.

Von Interesse war auch der Zeitpunkt der Intensität ihrer Träume.

The timing of the intensity of their dreams was also of interest.

Die Phase des Deliriums des Bildhauers markierte einen Höhepunkt.

The period of the sculptor's delirium marked a highpoint.

Die Intensität ihrer Träume war unermesslich größer.

The intensity of their dreams were immeasurably the stronger.

Mehr als ein Viertel der Befragten berichtete von ungewohnten und unaussprechlichen Lauten.

Over a quarter reported unfamiliar and unpronounceable sounds.

Geräusche, die denen, die Wilcox ebenfalls beschrieben hatte, nicht unähnlich waren.

Noises not dissimilar to what Wilcox had also described.

Einige beschrieben äußerst aufwendige und unmögliche Architekturen.

Some described highly elaborate and impossible architecture.

Und einige der Träumer gestanden eine akute Angst.

And some of the dreamers confessed to an acute fear.

Wie Wilcox hatten auch sie etwas Gigantisches, Namenloses gesehen.

Like Wilcox, they had seen some gigantic nameless thing.

Ein Fall, der in der Notiz besonders hervorgehoben wird, war sehr traurig.

One case, which the note describes with emphasis, was very sad.

Bei dem Betroffenen handelte es sich um einen in der Region weithin bekannten Architekten.

The subject was a widely known architect of the region.

Auch er hegte Neigungen zur Theosophie und zum Okkultismus.

He too had leanings toward theosophy and occultism.

Dieser Mann ist am 22. März gewaltsam dem Wahnsinn verfallen.

This man went violently insane on March the 22nd.

Genau am selben Tag wie der Anfall des jungen Wilcox.

The exact same date of young Wilcox's seizure.

Er verstarb einige Monate später nach unaufhörlichem Schreien.

He expired several months later, after incessant screaming.

Er flehte darum, von einem entflohenen Höllenbewohner gerettet zu werden.

He begged to be saved from some escaped denizen of hell.

Leider hat mein Onkel diese Fälle nicht namentlich erwähnt.

Regrettably, my uncle did not refer to these cases by name.

Stattdessen wurde allen Studien lediglich eine Zahl zugewiesen.

Instead, all studies were given nothing more than a number.

Dadurch war ich in meinen Möglichkeiten, eigene Nachforschungen anzustellen, stark eingeschränkt.

This way I was limited in attempting any personal investigation.

Und die weitere Untermauerung der Beweise war aufwendig.

And corroborating the evidence further was demanding.

Letztendlich ist es mir aber doch gelungen, einige Fälle aufzuspüren.

But finally I did succeed in tracing down some cases.

Ich hätte den Aufzeichnungen meines Onkels vertrauen sollen.

I should have trusted the notes from my uncle.

Sie berichteten ihre Träume wahrheitsgetreu.

They reported their dreams true to their reports.

Ich habe mich oft gefragt, was sie sich unter der Bedeutung dieser Befragung vorstellten.

I have often wondered what they thought the questioning meant.

Es ist am besten, wenn sie niemals eine Erklärung erhalten.

It is for the best that no explanation shall ever reach them.

***

Wie ich bereits erwähnt habe, sammelte mein Onkel auch Zeitungsausschnitte.

As I have mentioned, my uncle also collected press clippings.

Diese Zeitungsausschnitte bezogen sich auf die fraglichen Daten.

These press clippings corresponded to the dates in question.

Die Quellen waren über den ganzen Globus verstreut.

The sources were scattered throughout the globe.

Professor Angell muss eine Schneideabteilung beschäftigt haben.

Professor Angell must have employed a cutting bureau.

Weil die Anzahl der Extrakte enorm war.

Because the number of extracts was tremendous.

Es gab eine Parallele zu diesem Teil seiner Forschung.

There was a parallel to this part of his research.

Fälle von Panikattacken, Manie und Exzentrizität.

Cases of panic, mania, and eccentricity.

Ein Fall war ein nächtlicher Selbstmord in London.

One case was a nocturnal suicide in London.

Ein einsamer Schläfer war nach einem erschreckenden Schrei aus dem Fenster gesprungen.
A lone sleeper had leaped from a window after a shocking cry.
Ein ausschweifender Leserbrief an eine Zeitung in Südamerika.
A rambling letter to the editor of a paper in South America.
Ein Fanatiker leitet aus Visionen, die er hatte, eine düstere Zukunft ab.
A fanatic deduces a dire future from visions he had had.
Ein Bericht aus Kalifornien beschreibt eine theosophische Kolonie.
A dispatch from California describes a theosophist colony.
massenhaft weiße Gewänder an , um eine „glorreiche Erfüllung" zu erleben.
They donned white robes en masse for some "glorious fulfilment".
Doch diese „glorreiche Erfüllung" blieb aus.
Although that "glorious fulfilment" never arose.
Es scheint ernsthafte Unruhen unter den Einheimischen in Indien zu geben.
There seems to be serious unrest from the natives in India.
In Haiti nahmen Voodoo-Orgien zu.
Voodoo orgies multiplied in Haiti.
Afrikanische Außenposten berichten von unheilvollen Gerüchten.
African outposts report ominous mutterings.
Amerikanische Offiziere auf den Philippinen empfinden bestimmte Stämme als lästig.
American officers in the Philippines find certain tribes bothersome.
New Yorker Polizisten werden von hysterischen Levantinerinnen und Levantiner umringt.
New York policemen are mobbed by hysterical Levantines.
Dies geschah genau in der Nacht vom 22. auf den 23. März.
This occurred exactly on the night of March 22-23.
Auch der Westen Irlands war voller wilder Gerüchte und Legenden.

The west of Ireland, too, was full of wild rumor and legendry.

Ein fantastischer Maler namens Ardois-Bonnot sorgte in Frankreich für Schlagzeilen.

A fantastic painter named Ardois-Bonnot made the news in France.

Er hängte eine gotteslästerliche Traumlandschaft in den Pariser Frühlingssalon.

He hung a blasphemous dream landscape in the Paris spring salon.

Die dokumentierten Probleme in den Irrenanstalten waren unermesslich.

The recorded troubles in insane asylums were immeasurable.

Ein Wunder muss dafür gesorgt haben, dass die Ärzteschaft nichts ahnte.

A miracle must have kept the medical fraternities unsuspecting.

Die seltsamen Parallelen zwischen den Fällen bemerkten sie jedoch nie.

But they never noted the strange parallelisms of the cases.

Andernfalls wären auch sie zu rätselhaften Schlussfolgerungen gelangt.

Else they too would have come to mystified conclusions.

Ich muss gestehen, dass es sich hierbei tatsächlich um eine Reihe merkwürdiger Papierausschnitte handelte.

I must confess these were indeed a set of weird paper cuttings.

Mein Onkel hatte ein überzeugendes Argument vorgebracht.

My uncle had put forward a convincing argument.

Ich kann nicht erklären, wie ich die Beweise beiseitegeschoben habe.

I can't explain how I set the evidence aside.

Doch mein gefühlloser Rationalismus setzte sich durch.

But my callous rationalism took the upper hand.

Und ich misstraute dem jungen Bildhauer Wilcox weiterhin.

And I was still suspicious of the young sculptor, Wilcox.

Er muss von den älteren Angelegenheiten gewusst haben, die der Professor erwähnte.

He must have known of the older matters mentioned by the professor.

Die Geschichte von Inspektor Legrasse
The Tale of Inspecter Legrasse

Ich möchte Ihre Aufmerksamkeit von dem jungen Bildhauer abwenden.
Let me turn your attention away from the young sculptor.
Und nun zum zweiten Teil des Manuskripts.
And let us focus on the second half of the manuscript.
Einzelne Träume wären nicht so bedeutsam gewesen.
A few dreams alone would not have been so significant.
Das Flachrelief hätte als Fälschung abgetan werden können.
The bas-relief could have been dismissed as a hoax.
Mein Onkel war jedoch zuvor darauf vorbereitet worden, Interesse daran zu zeigen.
But my uncle had previously been primed to take interest.
Wilcox' Traum schien einen Bezug zu vergangenen Ereignissen zu haben.
Wilcox's dream seemed to have a link to past events.
Es war nicht das erste Mal, dass er dieses Wort hörte.
It wasn't the first time that he had heard that word.
Die unheilvollen Silben vielleicht geschrieben als "Cthulhu".
The ominous syllables perhaps written as "Cthulhu".
Er hatte schon ähnliche Beschreibungen gesehen und gehört.
He had seen and heard of similar descriptions before.
Die höllischen Umrisse des namenlosen Ungeheuers.
The hellish outlines of the nameless monstrosity.
Er hatte sich schon zuvor über dieselben Hieroglyphen den Kopf zerbrochen.
He had previously puzzled over the same hieroglyphics.

All dies führte zu einer schrecklichen Verkettung von Ereignissen.
All this produced a horrible connection of events.
Kein Wunder also, dass er den jungen Wilcox mit Fragen löcherte.
It is no wonder he pursued young Wilcox with queries.
Und es darf uns nicht überraschen, dass er Wilcox so verhört hat.
And we must not be surprised he interrogated Wilcox so.
Diese frühere Erfahrung hatte im Jahr 1908 stattgefunden.
This earlier experience had come in the year of 1908.
Siebzehn Jahre bevor Wilcox zu meinem Großonkel kam.
Seventeen years before Wilcox came to my great-uncle.
Die archäologische Gesellschaft tagte in St. Louis.
The archeological society were meeting in St. Louis.
Professor Angell spielte eine bedeutende Rolle bei den Beratungen.
Professor Angell had a prominent part in the deliberations.
Seine Verantwortlichkeiten entsprachen seiner Autorität .
His responsibilities befitted one of his authority.
Er war einer der ersten, an den mehrere Außenstehende herantraten.
He was one of the first to be approached by several outsiders.
Sie nutzten die Gelegenheit der Versammlung, um Fragen zu stellen.
They took advantage of the convocation to offer questions.
Sie hofften auf eine korrekte Antwort von einem Experten.
They hoped for correct answering from an expert.
Sie alle hatten ganz besondere Probleme.
They each had very peculiar types of problems.
Und sie erforderten ganz unterschiedliche Lösungsansätze.
And they required very different types of solutions.
Der Anführer dieser Gruppe war ein gewöhnlich aussehender Mann mittleren Alters.
The chief of these was a common-looking middle-aged man.
Und er rückte schnell in den Mittelpunkt des Interesses der Versammlung.

And he quickly became the meeting's focus of interest.

***

Er war den ganzen Weg von New Orleans nach St. Louis gereist.
He had traveled to St. Louis all the way from New Orleans.
Er war zu dem Treffen gekommen, um spezielle Informationen zu erhalten.
He had come to the meeting for special information.
Wissen, das nicht aus lokaler Quelle bezogen werden konnte.
Knowledge that could not be unobtained from local source.
Sein Name war John Raymond Legrasse, Polizeibeamter.
His name was John Raymond Legrasse, police inspector.
Er trug das geheimnisvolle Objekt seiner Nachforschungen mit sich.
He bore with him the mysterious subject of his inquiries.
Eine groteske und offenbar sehr alte Steinstatuette.
A grotesque and apparently very ancient stone statuette.
Eine Statuette, deren Herkunft niemand hatte ermitteln können.
A statuette whose origin no one had been able to determine.
Aber gehen Sie nicht davon aus, dass Inspektor Legrasse Archäologe war.
But don't assume Inspector Legrasse was an archeologist.
Er hatte wenig Interesse an Archäologie oder Mythologie.
He had very little interest in archeology, nor mythology.
Sein Wunsch nach Erleuchtung hatte ganz andere Beweggründe.
His wish for enlightenment had rather different motivations.
Sein Kommen wurde durch rein berufliche Erwägungen veranlasst.
He was prompted to come by purely professional considerations.
Die Statuette war im Rahmen einer Polizeirazzia sichergestellt worden.

The statuette had been captured as part of a police raid.

Ob es sich überhaupt um eine Statuette handelte, konnte nicht geklärt werden.

Although whether it was even a statuette wasn't determined.

Es könnte sich auch um ein Idol, einen magischen Fetisch oder einen Zauberstab gehandelt haben.

It could also have been an idol, magic fetish, or charm.

Was auch immer es war, es war bereits einige Monate zuvor aufgenommen worden.

Whatever it was, it had been captured some months previously.

In den bewaldeten Sümpfen von New Orleans fand eine Versammlung statt.

A meeting was being held in the wooded swamps of New Orleans.

Die Polizei war über ein angebliches Voodoo-Treffen informiert worden.

The police had been tipped of about a supposed voodoo meeting.

Seltsame und grauenhafte Riten im Zusammenhang mit dem Voodoo-Zirkel.

Strange and hideous rites connected with the voodoo circle.

Die Polizisten konnten nicht umhin zu erkennen, worauf sie da gestoßen waren.

The police could not but realize what they had stumbled on.

Ein finsterer Kult, der den Behörden bis dahin völlig unbekannt war.

A dark cult previously totally unknown to the authorities.

Unendlich viel finsterer, als ein Außenstehender erwarten könnte.

Infinitely more sinister than what an outsider could expect.

Diabolischer als die schwärzesten afrikanischen Voodoo-Kreise.

More diabolic than the blackest of the African voodoo circles.

Den gefangenen Kultmitgliedern wurden unglaubliche Geschichten abgerungen.

Unbelievable tales were extorted from the captured cult members.

Doch über die Herkunft des Relikts konnte nichts herausgefunden werden.

But nothing of the relic's origin could be discovered.

Daher rührt die Besorgnis der Polizei vor jeglichem antiquarischen Wissen.

Hence the anxiety of the police for any antiquarian lore.

Die antike Mythologie könnte das furchterregende Symbol erklären.

Ancient mythology might explain the frightful symbol.

Ein tieferes Verständnis könnte vielleicht die Quelle aufspüren.

Deeper knowledge could perhaps track the fountain-head.

Inspektor Legrasse war auf die Aufregung, die er auslöste, nicht vorbereitet.

Inspector Legrasse was not prepared for the excitement he created.

Ein einziger Anblick des mysteriösen Objekts genügte.

One sight of the mysterious object was all that was required.

Die versammelten Wissenschaftler waren voller Neugier.

The assembled men of science were filled with curiosity.

Sie zögerten keine Sekunde und drängten sich dicht um den Inspektor.

They lost no time in crowding closely around the inspector.

Und alle versuchten, den bestmöglichen Blick auf die kleine Gestalt zu erhaschen.

And they all tried to get the best look at the diminutive figure.

*****

Die wahrhaftig abgründige Antike beflügelte die Fantasie.

The genuinely abysmal antiquity inspired wild imagination.

Die Fremdartigkeit ließ auf so eindringliche Weise auf unberührte und archaische Welten schließen.

The strangeness hinted so potently at unopened and archaic vistas.

**Keine anerkannte Bildhauerschule hatte dieses schreckliche
Objekt zum Leben erweckt.**
No recognized school of sculpture had animated this terrible
object.
**Doch in der matten, grünlichen Oberfläche schienen
Jahrhunderte aufgezeichnet zu sein.**
Yet centuries seemed recorded in the dim and greenish
surface.
**Vielleicht waren Jahrtausende von Jahren in diesem
unzuordentbaren Stein verborgen.**
Perhaps thousands of years were hidden in this unplaceable
stone.
**Die Figur wurde schließlich langsam von Mann zu Mann
weitergegeben.**
The figurine was finally passed slowly from man to man.
**Jeder Wissenschaftler untersuchte sorgfältig die seltsamen
Markierungen des Steins.**
Each scientist carefully studied the strange markings of the
stone.
Das Werk war zwischen sieben und acht Zoll hoch.
The work was between seven and eight inches in height.
**Und die exquisite künstlerische Ausführung muss
hervorgehoben werden.**
And the exquisite artistic workmanship must be noted.
**Die Schnitzereien stellten ein Monster mit vage
menschenähnlichen Umrissen dar.**
The carvings represented a monster of vaguely anthropoid
outline.
**Auf dem Gesicht des oktopusartigen Kopfes befand sich
eine Masse von Fühlern.**
On the face of the octopus-esque head was a mass of feelers.
**An den Hinter- und Vorderfüßen ragten gewaltige Krallen
aus dem Körper hervor.**
Prodigious claws on hind and fore feet protruded from the
body.
**Die aufgeblähte Fettleibigkeit hatte etwas Gummiartiges an
sich.**

The bloated corpulence had a rubbery looking quality to it.

Und hinter dem gummiartigen Körper kamen zwei schmale Flügel hervor.

And from behind the rubbery body came out two narrow wings.

Es wäre instinktiv, dieses Ding als furchterregend zu betrachten.

It would be instinctual to think of this thing as fearsome.

Die Aura des Wesens besaß eine unnatürliche Bösartigkeit.

There was an unnatural malignancy to the aura of the creature.

Das gigantische Wesen hockte bedrohlich auf einem rechteckigen Block.

The gargantuan squatted evilly on a rectangular block.

Der Sockel, auf dem es stand, war mit unentzifferbaren Zeichen bedeckt.

The pedestal it was on was covered with undecipherable characters.

Die Flügelspitzen berührten die Hinterkante des Blocks.

The tips of the wings touched the back edge of the block.

Das Wesen saß mitten auf dem riesigen Block.

The creature was sitting on the middle of the giant block.

Seine Beine waren unter seinem monströsen Körper zusammengekrümmt.

Its legs were doubled up under its monstrous body.

Die langen, gebogenen Klauen umklammerten die Vorderkante der Klippe.

The long, curved claws gripped the front edge of the cliff.

Der Kopf des Kopffüßers war nach vorne geneigt und betrachtete sein Reich.

The cephalopod head was bent forward, observing its kingdom.

Die Enden der Gesichtsfühler streiften die Rückseiten der riesigen Vorderpfoten.

The ends of the facial feelers brushed the backs of huge forepaws.

Und die Vorderpfoten umklammerten die angehobenen
Knie des Kauernden.
And the forepaws clasped the croucher's elevated knees.
Die groteske Szene wirkte unheimlich lebensecht.
The appearance of the grotesque scene was abnormally
lifelike.
Doch gerade diese lebensechte Qualität lieferte einen
subtilen Grund für noch mehr Furcht.
But this lifelike quality only added a subtle reason to be more
fearful.
Weil wir nichts über die Quelle der Darstellung wussten.
Because we knew nothing about the source of the depiction.
Das gewaltige, Ehrfurcht gebietende und unermessliche
Alter des Wesens war unverkennbar.
The creature's vast, awesome, and incalculable age was
unmistakable.
Doch die Darstellung wies keinerlei Verbindung zu
irgendeiner bekannten Kunstform auf.
But not one link did the depiction show with any known type
of art.
Nicht einmal die frühesten Zivilisationen erwähnten dieses
Wesen.
Not even the earliest civilizations made reference to this
creature.
Doch das ist nicht der einzige Punkt, an dem uns unser
Wissen im Stich gelassen hat.
But that is not the only point at which our knowledge failed
us.

***

Die Mineralogie des Steins war ebenfalls ein völliges Rätsel.
The mineralogy of the stone was also a complete mystery.
Goldene Sprenkel überzogen den seifigen, grünlich-
schwarzen Stein.
Gold specks dotted the soapy, greenish-black stone.

Schimmernde Streifen verliefen entlang der gesamten Länge des Steins.

Iridescent striations ran along the length of the stone.

Kurz gesagt, der Stein hatte mineralogisch keinerlei Ähnlichkeit.

In short, the stone resembled nothing within mineralogy.

Auch Geologen konnten den Stein nicht identifizieren.

Geologists hadn't been able to identify the stone either.

Die Hieroglyphen auf dem Stein waren ebenso rätselhaft.

The hieroglyphs along the stone were equally baffling.

Das Schriftsystem unterschied sich grundlegend von anderen Schriften.

The writing system was horribly different than other scripts.

Es war eine Vertretung der Hälfte der weltweit führenden Experten anwesend.

A representation of half the world's leading experts was present.

Es konnte jedoch keine Verbindung zu einem bekannten Schriftsystem hergestellt werden.

But no link to any known writing system could be established.

Alles deutete auf erschreckende Weise auf einen alten und unheiligen Lebenszyklus hin.

Everything frightfully suggested an old and unhallowed cycle of life.

Eine Geschichte, in der unsere Welt und unsere Vorstellungen keine Rolle spielten.

A history in which our world and our conceptions played no part.

Die Experten schüttelten die Köpfe und mussten ihre Niederlage eingestehen.

The experts shook their heads, admitting they had been defeated.

Doch ein Experte gab nicht so schnell auf.

But one expert did not give up quite so quickly.

Er behauptete, eine gewisse, wenn auch etwas bizarre Vertrautheit mit dem Thema zu besitzen.

He claimed to have a touch of bizarre familiarity with the subject.

Die monströse Gestalt und die Schrift waren ihm nicht völlig neu.

The monstrous shape and writing weren't entirely new to him.

Mit einer gewissen Schüchternheit erzählte er von der einen oder anderen Kleinigkeit, die er wusste.

With some diffidence he told of the odd trifle he knew.

Bei dieser Person handelte es sich um den verstorbenen William Channing Webb.

This person was the late William Channing Webb.

Er war Professor für Anthropologie an der Princeton University.

He was professor of anthropology in Princeton University.

Und er war ein Entdecker von nicht geringer Bedeutung.

And he was an explorer of no small significance.

***

Vor 48 Jahren erkundete er Grönland und Island.

Forty-eight years ago he was exploring Greenland and Iceland.

Seine Gruppe war auf der Suche nach Runeninschriften.

His group were in search of some Runic inscriptions.

Die Expedition konnte jedoch keine Inschriften ausgraben.

But the expedition failed to unearth any inscriptions.

Sie durchstreiften die Höhen der Küsten Westgrönlands.

They trekked the heights of West Greenland's coasts.

Hier stießen sie auf einen seltsamen Kult entarteter Eskimos.

Here they encountered a strange cult of degenerate Eskimos.

Ihre Religion bestand aus einer Form der Teufelsanbetung.

Their religion consisted of a form of devil-worship.

Und ihre Rituale waren bewusst blutrünstig und abstoßend.

And their rituals were deliberately bloodthirsty and repulsive.

Es war ein Glaube, von dem die anderen Eskimos wenig wussten.

It was a faith of which other Eskimos knew little.
Die Einheimischen schauderten bei der Erwähnung ihrer Praktiken.
Locals shuddered at the mention of their practices.
Sie sagten, ihre Glaubensvorstellungen stammten aus grauenhaft alten Zeiten.
They said their believes came from horribly ancient eons.
Eine Zeit, bevor die Welt, wie wir sie heute kennen, überhaupt erschaffen wurde.
A time before the world as we know it now had ever been made.
Es gab Menschenopfer und seltsame Erbrituale.
There were human sacrifices and queer hereditary rituals.
Und all ihre Verehrung richtete sich auf einen höchsten Tornasuk .
And all their worship was directed at a supreme tornasuk.
Professor Webb hatte eine phonetische Abschrift von einem alten Angekok angefertigt.
Professor Webb had taken a phonetic copy from an aged angekok.
Er hatte die Gesänge des Zauberpriesters so gut wie möglich transkribiert.
He had transcribed the wizard-priest's chants as best he could.
Diese Abschriften waren jedoch zum jetzigen Zeitpunkt nicht von vorrangiger Bedeutung.
But currently these transcriptions weren't of prime significance.
Der Kult besaß einen verehrten Stein, den sie anbeteten.
The cult had a cherished stone that they worshipped.
Sie tanzten ausgelassen, als die Nordlichter über die Eisklippen sprangen.
They danced wildly when the aurora leaped over the ice cliffs.
Und mitten in ihrem Tanz befand sich der seltsame Stein.
And in the midst of their dance was the strange stone.
Es handele sich, so der Professor, um ein sehr grobes Steinrelief.
It was, the professor stated, a very crude bas-relief of stone.

Der Stein enthielt ein scheußliches Bild und einige rätselhafte Inschriften.

The stone comprised a hideous picture and some cryptic writing.

Und soweit er es beurteilen konnte, stellte dieser Stein eine grobe Parallele dar.

And as far as he could tell this stone was a rough parallel.

Der Stein wies alle wesentlichen Merkmale tierischer Dinge auf.

The stone had all the same essential features of bestial things.

Die Wissenschaftler nahmen diese Daten mit Spannung und Erstaunen auf.

The scientists received this data with suspense and astonishment.

Sogar Inspektor Legrasse hatte schnell ein Interesse an der Mythologie entwickelt.

Even Inspector Legrasse had quickly gained an interest in mythology.

Und er begann sofort, seinen Informanten mit Fragen zu löchern.

And he began at once to ply his informant with questions.

Er besaß Aufzeichnungen über die mündlichen Rituale der Kultanhänger im Sumpf.

He had notes of the oral ritual of the cult-worshipers in the swamp.

Er bat den Professor eindringlich, sich an die Gesänge der teuflischen Eskimos zu erinnern.

He besought the professor to remember the diabolist Eskimos' chants.

Anschließend erfolgte ein ausführlicher Vergleich der Details.

There then followed an exhaustive comparison of details.

Und dann folgte ein Moment wahrhaft ehrfürchtigen Schweigens.

And there then followed a moment of really awed silence.

Die Eskimo-Zauberer und die Sumpfpriester Louisianas waren Welten voneinander entfernt.

The Eskimo wizards and the Louisiana swamp-priests were
worlds apart.
**Und doch gab es eine Phrase, die die beiden höllischen
Rituale gemeinsam hatten.**
And yet there was a phrase the two hellish rituals had in
common.
" Ph'nglui mglw'nafh Cthulhu R'lyeh wgah'nagl fhtagn ."
"Ph'nglui mglw'nafh Cthulhu R'lyeh wgah'nagl fhtagn."

***

Legrasse hatte einen Vorteil gegenüber Professor Webb.
Legrasse had one advantage over Professor Webb.
**Er hatte mit mehreren seiner Mischlingsgefangenen
gesprochen.**
He had spoken to several of his mongrel prisoners.
**Einige von ihnen hatten die Bedeutung des Ausdrucks
weitergegeben.**
Some of them had passed on the phrase's meaning.
**„In seinem Haus in R'lyeh wartet der tote Cthulhu
träumend.“**
"In his house at R'lyeh dead Cthulhu waits dreaming."
**So richtete sich die Aufmerksamkeit wieder auf Inspektor
Legrasse .**
So the attention turned back to Inspector Legrasse.
**Und er wurde mit vielen zusammenhanglosen Fragen
konfrontiert.**
And he was probed with many disconnected questions.
**Er schilderte detailliert seine Erfahrungen mit den
Gläubigen aus dem Sumpf.**
He detailed his experience with the worshipers from the
swamp.
Mein Onkel maß der Geschichte eine tiefe Bedeutung bei.
My uncle attached profound significance to the story.
**Der Bericht klang nach den wildesten Träumen von
Mythenschöpfern.**
The report savored of the wildest dreams of myth-makers.

Die Theosophen hätten nicht mehr Fantasie aufbringen
können.
Theosophists could not have provided more imagination.
Die Philosophien stammten jedoch aus unerwarteten
Quellen.
But the philosophies came from unexpected sources.
Halbblüter und Ausgestoßene erzählten diese fantastischen
Geschichten.
Half-castes and pariahs told these fantastical stories.
Am 1. November 1907 nahm seine Kette von Ereignissen
ihren Lauf.
On November 1st, 1907, his chain of events unfolded.
Die Polizei von New Orleans erhielt verzweifelte Anrufe.
The New Orleans police received desperate calls.
Sie wurden in das Sumpf- und Lagunengebiet im Süden
gerufen.
They were called to the swamp and lagoon country to the
south.
Die Siedler dort waren zwar größtenteils primitiv, aber
gutmütig.
The settlers there were mostly primitive, but good-natured.
Die meisten Bewohner des Sumpfgebiets waren
Nachkommen von Lafittes Männern.
Most living by the swamp were descendants of Lafitte's men.
Doch nun befanden sie sich im Griff des blanken
Entsetzens.
But now they were in the grip of stark terror.
Etwas Unbekanntes war ihnen in der Nacht über den Weg
gelaufen.
An unknown thing had stolen upon them in the night.
Offenbar war es Voodoo, der die Störung verursachte.
It was voodoo, apparently, that caused the disturbance.
Aber es handelte sich um einen Voodoo, der anders war als
die anderen Formen des Voodoo.
But it was a voodoo unlike the other forms of voodoo.
Voodoo von einer schrecklicheren Art, als sie es je gekannt
hatten.

Voodoo of a more terrible sort than they had ever known.
Einige ihrer Frauen und Kinder waren verschwunden.
Some of their women and children had disappeared.
**Ein bösartiges Trommeln hatte begonnen und ertönte
unaufhörlich.**
A malevolent drumming had begun its incessant beating.
**Tief und weit im Inneren dieser dunklen, schwarzen,
verwunschenen Wälder.**
Far and deep within those dark, black haunted woods.
Dorthin, wo sich kein Bewohner zu nähern wagte.
There, where no dweller dared to ventured close to.
**Es ertönten wahnsinnige Schreie und markerschütternde
Kreischlaute.**
There were insane shouts and harrowing screams.
**Gänsehauterregende Gesänge und tanzende
Teufelsflammen.**
Soul-chilling chants and dancing devil-flames.
Der Bote und sein Volk konnten es nicht länger ertragen.
The messenger and his people could stand it no more.
**Am späten Nachmittag machte sich eine Gruppe von
zwanzig Polizisten auf den Weg.**
A body of twenty police set out in the late afternoon.
Und ein zitternder Siedler begleitete sie als Führer.
And a shivering settler came with them as a guide.

***

Am Ende der befahrbaren Straße stiegen sie aus.
At the end of the passable road they alighted.
Meilenweit spritzten sie lautlos weiter.
For miles and miles they splashed on in silence.
**Und sie zogen weiter durch den schrecklichen
Zypressenwald.**
And they went on through the terrible cypress woods.
Dunkle, dunkle Wälder, in denen der Tag fast nie anbrach.
Dark, dark woods in which day but almost never came.

Hässliche Wurzeln stellen ihnen im feuchten Boden Fallen dar.
Ugly roots set traps for them in the wet ground.
Bösartige, herabhängende Schlingen aus Spanischem Moos umgaben sie.
Malignant hanging nooses of Spanish moss beset them.
In der Ferne tauchte langsam die Siedlung auf.
In the distance the settlement slowly came into sight.
In panischer Panik stürmten die Bewohner aus den elenden Hütten.
Hysterical dwellers ran out of the miserable huts.
Sie versammelten sich um die Gruppe der schaukelnden Laternen.
They clustered around the group of bobbing lanterns.
In weiter Ferne war die Ursache aller Furcht zu hören.
Far, far ahead the cause of all the fear could be heard.
Der gedämpfte Trommelschlag war nun schwach hörbar.
The muffled beat of drums was now faintly audible.
Manchmal drehte der Wind und offenbarte andere Klänge.
At times the wind shifted and revealed different sounds.
In unregelmäßigen Abständen waren markerschütternde Schreie zu hören.
Curdling shrieks were audible at infrequent intervals.
Ein rötlicher Schimmer schien durch das Unterholz zu dringen.
A reddish glare seemed to filter through the undergrowth.
Die Siedler wollten nicht wieder allein gelassen werden.
The settlers were reluctant to be left alone again.
Doch auch sie weigerten sich kategorisch, Fortschritte zu erzielen.
But they point blank refused to move forwards either.
So stürzten sich der Inspektor und seine Kollegen ungeleitet weiter.
So the inspector and his colleagues plunged on unguided.
Und sie begaben sich in die finsteren Arkaden des Grauens.
And they went into the black arcades of horror.

Die Region war traditionell für ihren schlechten Ruf bekannt.

The region was one of traditionally evil repute.

Das Land war den Weißen weitgehend unbekannt.

The lands were substantially unknown by white men.

Nur wenige Entdecker hatten diese Regionen bis dahin durchquert.

Not many explorers had traversed those regions yet.

Es gab auch Legenden von einem versteckten See.

There were also legends of a hidden away lake.

Ein Gewässer, das noch immer dem menschlichen Auge verborgen bleibt .

A body of water still unglimpsed by mortal sight.

In dem See, so sagte man, wohnte ein seltsames Wesen.

In the lake it was said there dwelt a strange creature.

Ein riesiges, formloses, weißes, polypenartiges Gebilde mit leuchtendem Auge.

A huge, formless white polypous thing with luminous eye.

Und die Siedler flüsterten von fledermausflügeligen Teufeln.

And settlers whispered about bat-winged devils.

Sie flogen aus Höhlen im Inneren der Erde empor.

They flew up out of caverns from the inner earth.

Und gemeinsam beten die Dämonen es um Mitternacht an.

And together the demons worship it at midnight.

Sie sagten, es sei schon vor D'Iberville dort gewesen.

They said it had been there before D'Iberville.

Sie sagten, es sei auch schon vor La Salle dort gewesen.

They said it had been there before La Salle too.

Sie sagten, es sei schon vor den Ureinwohnern Amerikas dort gewesen.

They said it was there before the Native Americans.

Vielleicht war es sogar schon vor den harmlosen Tieren da.

Perhaps it was even there before the wholesome beasts.

Es war ein Albtraum an sich, der die Männer zum Träumen brachte.

It was a nightmare itself that made men dream.

Und das Ding zu sehen, bedeutete den Tod.
And to see the thing was the same as death.
**Und so hatten sie genügend Vorwarnung, um zu wissen,
dass sie sich fernhalten sollten.**
And so they had enough warning to know to keep away.
**Denn es war tatsächlich der Ort, vor dem sie gewarnt
worden waren.**
Because it was indeed where they were warned it was.
**Die Voodoo-Orgie fand am Rande dieses
verabscheuungswürdigen Gebiets statt.**
The voodoo orgy was on the fringe of this abhorred area.
Aber die Lage war an sich schon schlimm genug.
But the location was already bad enough by itself.
Die Voodoo-Aktivitäten verstärkten das Grauen nur noch.
The voodoo activities only added to the horror.
**Vielleicht könnte die Poesie den gehörten Geräuschen
gerecht werden.**
Perhaps poetry could do justice to the noises heard.
Nur der Wahnsinn könnte einem helfen, dies zu verstehen.
Otherwise only madness would help one understand.
**Doch Legrasse pflügte sich weiter durch den schwarzen
Morast.**
But Legrasse's plowed on through the black morass.
**Der Klang des gedämpften Trommelns kristallisierte sich
langsam heraus.**
The sound of the muffled drumming slowly crystalized.
Und sie gingen stetig weiter auf das rote Leuchten zu.
And they continued steadily towards the red glare.

***

**Es gibt stimmliche Qualitäten, die spezifisch für Männer
sind.**
There are vocal qualities specific to men.
**Und es gibt stimmliche Eigenschaften, die nur Tieren eigen
sind.**
And there are vocal qualities specific to beasts.

Es ist schrecklich, wenn das eine die Geräusche des anderen
nachahmt.

It is terrible when one makes the sounds of the other.

Die Wut der Tiere befreite sie von ihren menschlichen
Fesseln.

Animal fury freed them of their human restraint.

Orgiastische Zügellosigkeit trieben sie zu dämonischen
Höhen.

Orgiastic license whipped them into demoniac heights.

Heulen, das durch die ewig dunklen Wälder hallte.

Howls that tore through those perpetually dark woods.

Kreischende Ekstasen, die in den Köpfen aller widerhallten.

Squawking ecstasies that echoed in everyone's mind.

Klingt wie pestilenzielle Stürme aus den Tiefen der Hölle.

Sounds like pestilential tempests from the gulfs of hell.

Hin und wieder verstummten die weniger organisierten
Heulgesänge.

Now and then the less organized ululations would cease.

Ein gut einstudierter Chor heiserer Stimmen erhob sich im
Singsang.

A well-drilled chorus of hoarse voices rose in singsong.

Und sie skandierten jene abscheuliche Phrase ihres Rituals.

And they chanted that hideous phrase of their ritual.

" Ph'nglui mglw'nafh Cthulhu R'lyeh wgah'nagl fhtagn "

"Ph'nglui mglw'nafh Cthulhu R'lyeh wgah'nagl fhtagn"

Dann erreichten die Männer eine Stelle, an der die Bäume
weniger dicht standen.

Then the men reached a spot where the trees were sparser.

Plötzlich gelangen sie in Sichtweite des Schauspiels selbst.

Suddenly they come in sight of the spectacle itself.

Vier von ihnen waren von den schrecklichen Dingen, die sie
gesehen hatten, völlig erschüttert.

Four of them reeled from the horrible things they saw.

Ein Mann fiel in Ohnmacht, zwei weitere wurden zu einem
panischen Schrei erschüttert.

One man fainted, and two were shaken into a frantic cry.

Zum Glück wurden ihre Schreie von anderen Ohren nicht gehört.
Fortunately their screams were not heard by other ears.
Der ohrenbetäubende Lärm der Orgie ließ ihre Schreie ersticken.
The mad cacophony of the orgy deadened their screams.
Legrasse bespritzte den ohnmächtigen Mann mit Sumpfwasser.
Legrasse splashed swamp water on the fainting man.
Sie standen wieder auf, aber wie hypnotisiert vor Entsetzen.
They stood up again, but nearly hypnotized with horror.
In einer natürlichen Lichtung des Sumpfes stand eine grasbewachsene Insel.
In a natural glade of the swamp stood a grassy island.
Die grasbewachsene Insel erstreckte sich vielleicht über einen Hektar.
The grassy island extended perhaps for an acre.
Die Gegend war baumlos und einigermaßen trocken.
And the area was clear of trees and tolerably dry.
Eine Horde menschlicher Missbildungen sprang und wand sich.
A horde of human abnormality leaped and twisted.
Kein Sime konnte malen, was die Männer sahen.
No Sime could paint what the men were seeing.
Kein Angarola hat je eine so unbeschreibliche Szene gemalt.
No Angarola has ever painted such an indescribable scene.
Die Hybridbrut erzeugte ein monströses, ringförmiges Lagerfeuer.
The hybrid spawn made a monstrous ring-shaped bonfire.
Sie brüllten, kreischten und wanden sich nackt.
They brayed bellowed and writhed about in their nudity.
Vereinzelt traten Risse im Flammenvorhang auf.
Occasionally there were rifts in the curtain of flame.
Und dort offenbarte sich der Gegenstand ihrer Verehrung.
And there the object of their worship revealed itself.
Mitten im Feuer stand ein gewaltiger Granitmonolith.
In the midst of the fire stood a great granite monolith.

Das Steingebäude war nur etwa acht Fuß hoch.

The stone structure was only about eight feet in height.

Und die giftige, geschnitzte Statuette ruhte auf dem Monolithen.

And the noxious carven statuette rested on the monolith.

Das Müßiggehen wirkte in seiner Winzigkeit fast schon deplatziert.

The idle was almost incongruous in its diminutiveness.

Rund um das Feuer waren in gleichmäßigen Abständen Gerüste errichtet worden.

Spaced evenly, scaffolds had been erected around the fire.

An dem Gerüst hingen mehrere entstellte Leichen.

From the scaffolding hung a number of marred bodies.

Die Leichen derer, die in der Nähe verschwunden waren.

The bodies of those that had disappeared from nearby.

Innerhalb dieses Kreises befand sich der Ring der Gläubigen .

It was inside this circle the ring of worshipers were.

Und sie brüllten und sprangen in rasender Trance.

And they roared and jumped in the frantic trance.

Die allgemeine Bewegungsrichtung war gegen den Uhrzeigersinn.

The general direction of the motion was anti-clockwise.

Ein Ring von Körpern, der den Feuerring umkreist.

The ring of bodies circling around the ring of fire.

Ein Mann erinnerte sich an weitere, noch besorgniserregendere Details.

One man recollected other details even more concerning.

Aber vielleicht veranlassten ihn die Echos dazu, noch andere Dinge zu hören.

But perhaps the echoes induced him to hear other things.

Er glaubte, im Wechselgesang auf das Ritual zu hören.

He fancied he heard antiphonal responses to the ritual.

Geräusche aus einem unbeleuchteten Bereich tiefer im Wald.

Noises from an unillumined spot deeper within the woods.

Diesen Mann, Joseph D. Galvez, habe ich später getroffen und befragt.
This man, Joseph D. Galvez, I later met and questioned.
Und er erwies sich tatsächlich als ungemein fantasievoll.
And he proved to indeed be distractingly imaginative.
Er deutete sogar das leise Schlagen großer Flügel an.
He even hinted at the faint beating of great wings.
Und er deutete an, dass man einen Hauch von leuchtenden Augen gesehen habe.
And he suggested there was a glimpse of shining eyes.
Und hinter den Bäumen ein gewaltiger, weißer Berg aus irgendetwas.
And beyond the trees, a mountainous white bulk of something.
Ich nehme an, er hatte zu viel Aberglauben der Einheimischen gehört.
I suppose he had heard too much native superstition.
Doch die entsetzte Pause war tatsächlich relativ kurz.
But actually the horrified pause was relatively brief.
Die Pflicht stand an erster Stelle, und sie waren gekommen, um eine Aufgabe zu erledigen.
Duty came first, and they had come to do a job.

***

Es müssen fast hundert Mischlingsteilnehmer gewesen sein.
There must have been nearly a hundred mongrel celebrants.
Die Polizei konnte sich jedoch auf ihre Schusswaffen verlassen.
But the police were able to rely on their firearms.
Und sie stürzten sich entschlossen in das widerliche Gemetzel.
And they plunged determinedly into the nauseous rout.
Fünf Minuten lang war der chaotische Lärm unbeschreiblich.
For five minutes the chaotic din was beyond description.
Es wurden wilde Schläge ausgeteilt und Schüsse abgefeuert.

Wild blows were struck and shots were fired.
Einige entkamen der Verhaftung, indem sie in die Dunkelheit flohen.
Some escaped arrest by running into the darkness.
Sie kannten die Beschaffenheit des Sumpfgebiets besser.
They had a better knowledge of the layout of the swamp.
Legrasse und seine Männer hingegen konnten etwa die Hälfte von ihnen fangen.
But Legrasse and his men caught around half of them.
Und sie zählten rund siebenundvierzig mürrische Gefangene.
And they counted around forty-seven sullen prisoners.
Sie wurden gezwungen, ihre Kleidung wieder anzuziehen.
They were forced to put on their clothes again.
Und sie reihten sich zwischen zwei Reihen Polizisten ein.
And they fell into line between two rows of policemen.
Fünf der Gläubigen lagen tot am Feuer.
Five of the worshipers lay dead by the fire.
Zwei schwer verletzte Gefangene wurden weggebracht.
Two severely wounded prisoners were carried away.
Selbstverständlich wurde das Bild auf dem Monolithen entfernt.
Of course the image on the monolith was removed.
Legrasse selbst brachte die Beweismittel zur Polizeiwache.
Legrasse himself took the evidence to the police station.
Die Rückfahrt zum Hauptquartier war äußerst anstrengend.
The trip back to the headquarters was of intense strain.
Die Männer wurden untersucht, als sie in die Zivilisation zurückkehrten.
The men were examined when they got back to civilization.
Es stellte sich heraus, dass es sich bei den Gefangenen ausnahmslos um Männer von sehr niedrigem Stand handelte.
The prisoners all proved to be men of a very low type.
Sie waren alle Mischlinge und geistig behindert.
They were all mixed-blooded, and mentally aberrant.

Die meisten waren von Beruf Seeleute oder übten ähnliche Berufe aus.

Most were seamen by trade, or some similar professions.

Schwarze und Mulatten waren unter sie gemischt.

Negroes and mulattoes were sprinkled among them.

Die meisten schienen jedoch Westinder oder Brava-Portugiesen zu sein.

But most seemed to be West Indians or Brava Portuguese.

Sie stammten hauptsächlich von den Kapverdischen Inseln.

They primarily came from the Cape Verde Islands.

Sie verliehen dem heterogenen Kult eine voodooistische Färbung.

They gave the heterogeneous cult a coloring of voodooism.

Aber es gab gar keinen Grund, viele Fragen zu stellen.

But there wasn't even a need to ask too many questions.

Die Schlussfolgerung ergab sich schnell von selbst.

The conclusion quickly became manifest by itself.

Es ging um etwas weit Tiefergreifenderes als um Negerfetischismus.

Something far deeper than negro fetishism was involved.

Obwohl sie unwissend waren, war ihre Geschichte doch schlüssig.

Although ignorant, but their story was consistent.

Die Geschöpfe sprachen alle von derselben zentralen Idee.

The creatures all spoke of the same central idea.

Sie alle teilten gewiss denselben abscheulichen Glauben.

They certainly all shared the same loathsome faith.

Sie verehrten, so sagten sie, die großen Alten.

They worshiped, so they said, the great old ones.

Die großen Alten lebten lange bevor es Menschen gab.

The great old ones lived long before there were any men.

Und sie kamen vom Himmel in die junge Welt.

And they came to the young world out of the sky.

Die alten seien nun verschwunden, erklärten sie.

Those old ones were now gone, they explained.

Sie befanden sich nun im Inneren der Erde und unter dem Meer.

They were now inside the earth and under the sea.
Doch ihre toten Körper fanden Wege, ihre Geheimnisse preiszugeben.
But their dead bodies found ways to tell their secrets.
Sie flüsterten in die Träume der ersten Menschen.
They whispered into the dreams of the first men.
Und die ersten Männer gründeten einen Kult, der nie ausgestorben ist.
And the first men formed a cult which has never died.

***

Den Kult hatte es immer gegeben und würde es immer geben.
The cult had always existed, and always would exist.
Ihre Anhänger versteckten sich in Einöden auf der ganzen Welt.
Their followers were hidden in wastes all over the world.
Ihre Anhänger hielten sich an dunklen Orten auf, die von den Entdeckern übersehen wurden.
Their followers were in dark places explorers overlooked.
Und sie würden versteckt bleiben, bis sie gerufen würden.
And they would remain hidden until they were called.
Wenn der große Priester Cthulhu wieder an die Oberfläche steigt.
When the great priest Cthulhu rises again to the surface.
Wenn Cthulhu die Erde wieder unter seine Herrschaft bringt.
When Cthulhu brings the earth again beneath his sway.
R'lyeh verlässt .
When Cthulhu leaves from his dark house in the mighty city of R'lyeh.
Eines Tages würde er rufen, wenn die Sterne bereit wären.
Some day he was going call, when the stars were ready.
Und der Geheimbund wird immer darauf warten, ihn zu befreien.
And the secret cult will always be waiting to liberate him.

Unterdessen muss seine Geschichte nicht weiter erzählt werden.

Meanwhile, no more of his story must be told.

Es gab ein Geheimnis, das selbst durch Folter nicht zu enthüllen war.

There was a secret even torture could not extract.

Die Menschheit war nicht das einzige bewusste Wesen auf Erden.

Mankind was not alone among the conscious things of earth.

Denn Gestalten kamen aus der Dunkelheit, um die wenigen Gläubigen zu besuchen.

Because shapes came out of the dark to visit the faithful few.

Aber das waren nicht die großen alten.

But these were not the great old ones.

Kein Mensch hatte die großen Alten je gesehen.

No man had ever seen the great old ones.

Das geschnitzte Götzenbild stellte den großen Cthulhu dar.

The carven idol was of great Cthulhu.

Niemand konnte sagen, ob die anderen so waren wie er.

None could say whether the others were like him.

Niemand konnte die alten Schriftzeichen mehr lesen.

No one could read the old writing now.

Stattdessen wurden die Dinge mündlich überliefert.

Instead, things were told by word of mouth.

Das gesungene Ritual war nicht das Geheimnis.

The chanted ritual was not the secret.

Das Geheimnis wurde nie laut ausgesprochen, sondern nur geflüstert.

The secret was never spoken aloud, only whispered.

Der Gesang bedeutete nur eines:

The chant meant one thing, and one thing alone:

„In seinem Haus in R'lyeh wartet der tote Cthulhu träumend."

"In his house at R'lyeh dead Cthulhu waits dreaming."

Nur zwei der Gefangenen wurden für zurechnungsfähig genug befunden, um gehängt zu werden.

Only two of the prisoners were found sane enough to be hanged.

Die übrigen waren in verschiedenen Institutionen engagiert.
The rest of them were committed to various institutions.

Alle bestritten jegliche Beteiligung an den Ritualmorden.
All denied to have taken any part in the ritual murders.

Sie sagten, der Mord sei von etwas anderem verübt worden.
They said the killing had been done by something else.

„Die mit den schwarzen Flügeln", beharrten sie jeder für sich.
"The black-winged ones," the each insisted, separately.

Sie waren von ihrem uralten Treffpunkt zu ihnen gekommen.
They had come to them from their immemorial meeting-place.

Sie waren aus den verfluchten Wäldern hervorgegangen.
They had arisen out from the haunted woodlands.

Doch die Geschichten über mysteriöse Verbündete waren widersprüchlich.
But the stories of mysterious allies were inconsistent.

***

Was die Polizei herausfinden konnte, stammte hauptsächlich von einem einzigen Mann.
What the police did extract came mainly from one man.

Ein uralter Mestiz namens Castro.
An immensely aged mestizo named Castro.

Er behauptete, in fremde Häfen gesegelt zu sein.
He claimed to have sailed to strange ports.

Und er sagte, er sei in den Bergen Chinas gewesen.
And he said he had been to the mountains of China.

Dort sprach er mit den unsterblichen Anführern der Sekte.
There he talked with undying leaders of the cult.

Der alte Castro erinnerte sich an Bruchstücke grauenhafter Legenden.
Old Castro remembered bits of hideous legend.

Seine Legenden ließen die Spekulationen der Theosophen verblassen.

His legends paled the speculations of theosophists.

Seine Geschichten ließen den Menschen wie eine erst kürzlich entstandene Schöpfung erscheinen.

His stories made man seem like a recent creation.

Selbst die Welt war in seiner Darstellung der Dinge vergänglich.

Even the world was transient in his account of things.

Es gab Äonen, in denen andere Dinge auf der Erde herrschten.

There had been eons when other Things ruled on the earth.

Und sie hatten hier auf Erden große Städte gehabt.

And they had had great cities here on the earth.

Die unsterblichen Chinesen verrieten ihm streng gehütete Geheimnisse.

The deathless Chinamen told him reserved secrets.

Er hatte ihm gesagt, dass ihre Ruinen noch immer zu finden seien.

He had told him their ruins could still be found.

Auf Inseln im Pazifik gab es noch immer Zyklopensteine.

There were still Cyclopean stones on islands in the Pacific.

Sie alle starben vor unvorstellbar langen Zeitepochen, lange bevor der Mensch kam.

They all died vast epochs of time before man came.

Aber es gab Wissen und Praktiken in den alten Künsten.

But there were knowledges and practices in ancients arts.

Spezielle Rituale, die sie mit der Zeit wiederbeleben könnten.

Special rituals which could revive them again, in time.

Im Kreislauf der Ewigkeit war ihre Wiederkehr unausweichlich.

In the cycle of eternity their return was inevitable.

Wenn die Sterne wieder die richtigen Positionen einnehmen

When the stars come round again to the right positions

Sie waren ja selbst von den Sternen gekommen.

They had, indeed themselves come from the stars.

„Diese großartigen alten", fuhr Castro fort.

"These great old ones," Castro continued.

Sie bestanden nicht gänzlich aus Fleisch und Blut.

They were not composed entirely of flesh and blood.

„Sie hatten Form", beharrte Castro selbstsicher.

They had shape," Castro insisted, confidently.

Und er hatte seltsame Beweise für seine Überzeugungen.

And he had strange proof for what he believed.

Aber die Form, die sie annahmen, bestand nicht aus Materie.

But the shape they took on was not made of matter.

Als die Sterne an den richtigen Positionen standen.

When the stars were in their right positions.

Dann könnten sie von einer Welt in eine andere eintauchen.

Then they could plunge from one world to another.

Weil sie sich durch den Himmel bewegen können.

Because they can move themselves through the sky.

Doch wenn die Sterne ungünstig stehen, können sie nicht leben.

But when the stars were wrong, they cannot live.

Und es stimmt, dass sie nicht mehr so leben wie wir.

And it is true that they no longer live like we do.

Aber trotz allem sterben sie auch nie wirklich.

But despite that, they never really die either.

Sie ruhen in Steinhäusern in ihrer großen Stadt R'lyeh .

They rest in stone houses in their great city of R'lyeh.

Sie werden durch die Zauber des mächtigen Cthulhu bewahrt.

They are preserved by the spells of mighty Cthulhu.

Und so liegen sie da, unberührt vom Lauf der Zeit.

So there they lie, unaffected by the passing of time.

Und sie warten auf eine weitere glorreiche Auferstehung.

And they wait for another glorious resurrection.

Wenn die Sterne und die Erde wieder bereit für sie sind.

When the stars and earth are ready for them again.

Aber sie sind nach wie vor von einer äußeren Kraft abhängig.

But they are still dependent on an outside force.

Eine äußere Kraft diente dazu, ihre Körper zu befreien.
A force from outside served to liberate their bodies.
Die Zaubersprüche bewahrten sie und hielten sie unversehrt.
The spells preserved them and kept them intact.
Doch die Zauber hinderten sie auch daran, sich zu befreien.
But the spells also kept them from breaking free.
So blieb ihnen nichts anderes übrig, als im Dunkeln wach zu liegen und nachzudenken.
So they could only lie awake in the dark and think.

***

In der Zwischenzeit vergingen unzählige Millionen Jahre.
In the meantime uncounted millions of years rolled by.
Sie wussten alles, was im Universum vor sich ging.
They knew all that was occurring in the universe.
Denn ihre Sprechweise bestand in der Übermittlung von Gedanken.
Because their mode of speech was transmitted thought.
Selbst jetzt noch sprachen sie in ihren Gräbern.
Even now they were talking in their tombs.
Dann, nach unendlichem Chaos, kamen die ersten Menschen.
Then, after infinities of chaos, the first men came.
Die großen Alten sprachen zu den Sensiblen unter ihnen.
The great old ones spoke to the sensitive among them.
Sie sprachen zu ihnen, indem sie ihre Träume formten.
They spoke to them by molding their dreams.
Nur so konnte ihre Sprache die fleischlichen Gedanken der Säugetiere erreichen.
Only that way could their language reach the fleshly minds of mammals.
Dann, flüsterte Castro, gründeten diese ersten Männer den Kult.
Then, whispered Castro, those first men formed the cult.
Sie organisierten sich um kleine Idole.

They organized themselves around small idols.

Die kleinen Götzenbilder, die ihnen die großen gezeigt hatten.

The small idols which the great ones had shown them.

Götzenbilder aus finsteren Zeiten, von dunklen Sternen.

Idols brought from dim eras from dark stars.

Dieser Kult würde erst dann aussterben, wenn die Sterne wieder richtig stehen.

That cult would never die till the stars came right again.

Die geheimen Priester wollten den großen Cthulhu aus seinem Grab holen.

The secret priests were going to take great Cthulhu from His tomb.

Und sie wollten seine Untertanen wiederbeleben.

And they were going to revive His subjects.

Und dann würde Cthulhu seine Herrschaft über die Erde wieder aufnehmen.

And then Cthulhu was going to resume His rule of earth.

Der richtige Zeitpunkt würde sich ganz deutlich zeigen.

The right time was going to reveal itself quite clearly.

Zu jener Zeit wird die Menschheit so sein wie die großen Alten.

At that time mankind will have become as the great old ones.

Sie werden frei und wild sein, jenseits von Gut und Böse.

They will be free and wild and beyond good and evil.

Gesetze und Moralvorstellungen werden über Bord geworfen.

Laws and morals are going to be thrown aside.

Alle Männer werden schreien, töten und in Freude schwelgen.

All men will be shouting and killing and reveling in joy.

Dann werden die befreiten Alten ihnen die neuen Wege lehren.

Then the liberated old ones will teach them the new ways.

Neue Wege zu schreien, zu töten, zu schwelgen und zu genießen.

New ways to shout and kill and revel and enjoy.

Und die ganze Erde wird in einem Holocaust der Ekstase und Freiheit erstrahlen.

And all the earth will flame with a holocaust of ecstasy and freedom.

Unterdessen musste der Kult die entsprechenden Riten vollziehen.

Meanwhile the cult had to practice the appropriate rites.

Sie mussten die Erinnerung an diese alten Traditionen bewahren.

They had to keep alive the memory of those ancient ways.

Und sie mussten die Prophezeiung ihrer Wiederkunft vorwegnehmen.

And they had to shadow forth the prophecy of their return.

In grauer Vorzeit sprachen auserwählte Männer mit den begrabenen Alten.

In the elder time chosen men spoke with the entombed Old Ones.

Die begrabenen Alten sprachen zu ihnen in ihren Träumen.

The entombed Old Ones spoke to them in their dreams.

Doch dann wurde ihre Kommunikation gestört.

But then something disturbed their means of communication.

Der große Stein in der Stadt R'lyeh war in den Wellen versunken.

The great stone in the city R'lyeh had sunk beneath the waves.

Und die Monolithen und Gräber befanden sich unter Wasser.

And the monoliths and sepulchers were beneath the waters.

Tiefe Gewässer voller des einen urtümlichen Geheimnisses.

Deep waters full of the one primal mystery.

Gewässer, durch die nicht einmal Gedanken hindurchgehen können.

Waters through which not even thought can pass.

Wasser, das ihre spektrale Kommunikation unterbrach.

Water that cut off their spectral communication.

Doch die Erinnerung an die Riten und Rituale ist nie ausgestorben.

But the memory of the rites and rituals never died.

Und die Hohepriester sagten, die Stadt werde wieder auferstehen.
And high priests said that the city would rise again.
Wenn die Sterne günstig stünden, würde Cthulhu zurückkehren.
When the stars were right Cthulhu was going to return.
Die modrigen, schwarzen Geister der Erde werden wieder hervorkommen.
The moldy black spirits of the earth will come out again.
Düstere, schwarze Geister, umweht von vagen Gerüchten.
Shadowy black spirits full of dim rumors.

***

Die Geister versammelten sich in Höhlen unter vergessenen Meeresböden.
The spirits collected in caverns beneath forgotten sea-bottoms.
Über diese Geister wagte der alte Castro jedoch nicht viel zu sprechen.
But of those spirits old Castro dared not speak much.
Und er beendete das Gespräch eilig.
And he hurriedly cut himself off from the topic.
Durch Überredungskunst ließe sich nichts mehr in diese Richtung bewegen.
No amount of persuasion could elicit more in this direction.
Keine noch so subtile Taktik konnte ihn dazu bewegen, von diesen Geistern zu sprechen.
No subtlety could convince him to speak of those spirits.
Auch die Größe der alten Exemplare wollte er merkwürdigerweise nicht erwähnen.
The size of the old ones, too, he curiously declined to mention.
Auch über den Kult sprach er sehr wenig.
And of the cult he spoke very little too.
Er glaubte, das Zentrum liege inmitten der weglosen Wüsten Arabiens.
He thought the center lay amid the pathless deserts of Arabia.

**Dort in Irem, der Stadt der Säulen, verborgene und
unberührte Träume.**
There in Irem, the City of Pillars, dreams hidden and
untouched.
**Dieser Kult war nicht mit dem europäischen Hexenkult
verwandt.**
This cult was not allied to the European witch-cult.
**Und die Sekte war außerhalb ihrer Mitglieder so gut wie
unbekannt.**
And the cult was virtually unknown beyond its members.
Kein Buch hatte je auch nur angedeutet, was sie wussten.
No book had ever really hinted of their knowledge.
**Obwohl die unsterblichen Chinesen sagten, der verrückte
Araber Abdul Alhazred sei ihm nahe gekommen.**
Though the deathless Chinamen said the mad Arab Abdul
Alhazred came close.
Er sagte, sein Necronomicon enthalte Doppeldeutigkeiten.
He said that there were double meanings in his
Necronomicon.
**Den Eingeweihten stand es frei, es zu lesen, wenn sie
wollten.**
The initiated were free to read it if they wanted to.
Und sie sollten insbesondere auf ein Verspaar achten.
And they should pay attention to one couplet in particular.
"Was nicht tot ist, kann ewig schlafen."
"That which is not dead can sleep for eternity,"
"Und mit seltsamen Äonen mag sogar der Tod sterben."
"And with strange eons even death may die."
Legrasse war von dem Gehörten tief beeindruckt gewesen.
Legrasse had been deeply impressed by what he heard.
Und er war von der Geschichte nicht wenig verwirrt.
And he was not a little bewildered by the tale.
**Er erkundigte sich vergeblich nach den historischen
Verbindungen der Sekte.**
He inquired in vain about the historic affiliations of the cult.
**Castro hatte offenbar die Wahrheit über den
Geheimhaltungseid gesagt.**

Castro, apparently, had told the truth about the oath of
secrecy.
**Die Verantwortlichen der Tulane University konnten
ebenfalls nicht viel helfen.**
The authorities at Tulane University could not offer much help
either.
**Sie konnten weder über den Kult noch über das Bildnis
Aufschluss geben.**
The were not able to shed no light upon neither cult, nor the
image.
**Und nun hatte sich der Detektiv an die höchsten Autoritäten
des Landes gewandt.**
And now the detective had come to the highest authorities in
the country.
**Und er hörte in Grönland niemand Geringeren als Professor
Webbs Geschichte.**
And he heard none other than Professor Webb' tale in
Greenland.

*****

**Legrasses Erzählung weckte bei der Versammlung großes
Interesse.**
Legrasse's tale aroused feverish interest at the meeting.
**Die Geschichte war nicht nur aufgrund ihrer Implikationen
von Bedeutung.**
The story was not only significant in its implications.
**Die Geschichte wurde aber auch durch die Statuette
bestätigt.**
But the story was also corroborated by the statuette.
**Die Begeisterung spiegelte sich auch in der nachfolgenden
Korrespondenz wider.**
The excitement echoed in the subsequent correspondence.
Die Teilnehmer blieben in engem Kontakt miteinander.
Those who attended stayed in close contact with each other.
**Obwohl es in den offiziellen Veröffentlichungen kaum
Erwähnung findet.**

Although scant mention occurs in the formal publications.

Vorsicht ist die erste Maßnahme derer, die an Scharlatanerie gewöhnt sind.

Caution is the first care of those accustomed to charlatanry.

Betrug wird so weit wie möglich verhindert.

Impostures are kept out as much as it is possible.

Legrasse lieh Professor Webb für einige Zeit das Bild.

Legrasse for some time lent the image to Professor Webb.

Nach dem Tod des Letzteren wurde ihm das Bild jedoch zurückgegeben.

But at the latter's death the image was returned to him.

Das Bild befindet sich weiterhin im Besitz von Legrasse .

And the image remains in Legrasse's possession.

Hier habe ich vor nicht allzu langer Zeit das schreckliche Bild gesehen.

This is where I viewed the terrible image not long ago.

Das Bild weist unverkennbare Ähnlichkeiten mit Wilcox' Traumskulptur auf.

The image is unmistakably akin to Wilcox' dream-sculpture.

Kein Wunder also, dass mein Onkel von seiner Geschichte so begeistert war.

It was no wonder my uncle was so excited by his tale.

Und es überrascht mich nicht, dass er diese Anstrengungen unternommen hat.

And I'm not surprised he made the efforts he made.

Er hatte alles gehört, was Legrasse über den Kult wusste.

He had heard everything Legrasse knew of the cult.

Und die seltsamen, kultartigen Träume eines sensiblen jungen Mannes.

And the strange cultish dreams of a sensitive young man.

Das Flachrelief ist genau wie das aus dem Sumpf.

The bas-relief just like the one from the swamp.

Die Hinzufügung der Teufelstafel in Grönland.

The addition of the devil tablet in Greenland.

Die exakt gleichen Worte wurden in drei voneinander unabhängigen Fällen verwendet.

The exact same words used in three remote occurrences.

Die Eskimo-Dämonenbeschwörer, die Mischlinge in Louisiana und dann Wilcox.

The Eskimo diabolists, the mongrels in Louisiana, and then Wilcox.

Zu welchem anderen Schluss hätte man denn gelangen können?

What other conclusion could one possibly have come to?

Es ist nur natürlich, dass Professor Angel dieser Schlussfolgerung nachging.

It's only natural Professor Angel pursued this conclusion.

Und ich hätte nicht erwartet, dass er weniger gründlich wäre.

And I wouldn't have expected him to be less thorough.

Mein Großonkel war ein Mann von prinzipientreuer akademischer Strenge.

My great-uncle was a man of principled academic rigor.

Insgeheim hatte ich allerdings auch noch andere plausible Theorien.

Though privately I also had other plausible theories.

Ich vermutete, dass der junge Wilcox von der Sekte gehört hatte.

I suspected young Wilcox of having heard of the cult.

Vielleicht hatte er auf irgendeine indirekte Weise von der Sekte gehört.

Maybe he had heard of the cult in some indirect way.

Er hätte sich genauso gut eine Reihe von Träumen ausdenken können.

He could easily have invented a series of dreams.

Auf diese Weise konnte er das Mysterium steigern und fortführen.

That way he could heighten and continue the mystery.

Die gesammelten Traumerzählungen und Zeitungsausschnitte bestätigten sich selbstverständlich.

The dream-narratives and cuttings collected did of course corroborate.

Doch der Rationalismus meines Denkens war noch nicht befriedigt.

But the rationalism of my mind had not yet been satisfied.

Zufälle können auch äußerst glaubwürdige Illusionen erzeugen.

Coincidences can form highly believable illusions too.

Und wir müssen die Extravaganz des gesamten Themas berücksichtigen.

And we have to bear in mind the extravagance of the whole subject.

Daher kam ich zu dem Schluss, dass dies meiner Meinung nach die vernünftigsten Schlussfolgerungen waren.

So I was led to adopt what I thought the most sensible conclusions.

Ich habe das Manuskript von Anfang an gründlich studiert.

I thoroughly studied the manuscript from the beginning.

Und ich habe die theosophischen und anthropologischen Notizen miteinander in Beziehung gesetzt.

And I correlated the theosophical and anthropological notes.

Ich verglich die Literatur mit der Kulterzählung von Legrasse .

I compared the literature with the cult narrative of Legrasse.

Ich bin nach Providence gereist, um den Bildhauer zu sehen.

I made a trip to Providence to see the sculptor.

Und ich hatte vor, ihm die meiner Meinung nach angemessene Zurechtweisung zu erteilen.

And I intended to give him the rebuke I thought proper.

Ich war überzeugt, dass sein Trick Konsequenzen haben musste.

There must be consequences, I felt, for the trick he played.

Er hatte sich dreist einem gelehrten und betagten Mann aufgedrängt.

He had boldly imposed himself upon a learned and aged man.

***

Wilcox wohnte noch immer allein an dem Ort, wo mein Onkel ihn kennengelernt hatte.

Wilcox still lived alone where my uncle had met him.

Im Fleur-de-Lys-Gebäude in der Thomas Street.
In the Fleur-de-Lys Building in Thomas Street.
Eine scheußliche viktorianische Nachahmung bretonischer Architektur des 17. Jahrhunderts.
A hideous Victorian imitation of Seventeenth Century Breton architecture.
Das Gebäude hob sich mit seiner stuckverzierten Fassade deutlich von seiner Umgebung ab.
The building flaunted its stuccoed front amidst its surroundings.
Auf dem alten Hügel standen wunderschöne Häuser aus der Kolonialzeit.
There were lovely Colonial houses on the ancient hill.
Und das Haus stand im Schatten des schönsten georgianischen Kirchturms in ganz Amerika.
And the house stood under the shadow of the finest Georgian steeple in America.
Ich fand ihn bei der Arbeit in seinen Räumen, inmitten seiner Skulpturen.
I found him at work in his rooms, among his sculptures.
Die verstreuten Exemplare stammten von einem ganz besonderen Geist.
The specimens scattered came from a very unique mind.
Ich musste sofort zugeben, dass sein Genie in der Tat tiefgründig und authentisch ist.
At once I conceded that his genius is indeed profound and authentic.
Er hat in Ton kristallisiert, was Arthur Machen in der Prosa beschwört.
He has crystallized in clay that which Arthur Machen evokes in prose.
Er spiegelte in Marmor die Alpträume wider, die Clark Ashton Smith auf Leinwand bannte.
He mirrored in marble the nightmares Clark Ashton Smith put to canvas.
Ich glaube, man wird ihn eines Tages als einen der größten Dekadenten bezeichnen.

He will, I believe, be spoken of one day as one of the great decadents.

Er war dunkelhaarig, gebrechlich und wirkte etwas ungepflegt.

He was dark, frail, and somewhat unkempt in aspect.

Als ich an seine Tür klopfte, drehte er sich träge um.

He turned languidly at my knock on his door.

Er stand nicht von seinem Platz auf, als ich hereinkam.

He didn't rise from his seat when I came in.

Und er fragte mich nach dem Zweck meines Besuchs.

And he asked me what the purpose of my visit was.

Als ich ihm sagte, wer ich bin, war sein Interesse geweckt.

When I told him who I was his interest was piqued.

Mein Onkel hatte seine Neugier geweckt, indem er seinen seltsamen Träumen nachging.

My uncle had excited his curiosity by probing his strange dreams.

Obwohl er den Grund für die Studie nie erklärt hatte.

Although he had never explained the reason for the study.

Ich habe sein Wissen in dieser Hinsicht nicht erweitert.

I did not enlarge his knowledge in this regard.

Ich versuchte jedoch mit einiger Subtilität, sein Vertrauen zu gewinnen.

But I sought with some subtlety to gain his confidence.

In kurzer Zeit war ich von seiner absoluten Aufrichtigkeit überzeugt.

In a short time I became convinced of his absolute sincerity.

Er sprach von den Träumen auf eine Weise, die niemand missverstehen konnte.

He spoke of the dreams in a manner none could mistake.

Die unbewussten Überreste seiner Träume hatten seine Kunst tiefgreifend beeinflusst.

His dreams' subconscious residuum had influenced his art profoundly.

Er zeigte mir eine makabre Statue, wie ich sie noch nie zuvor gesehen hatte.

He showed me a morbid statue of the likes I had never seen before.

Die Konturen der Statue ließen mich fast vor Angst erzittern.

The statue's contours almost made me shake with fear.

Die Wucht der düsteren Andeutung der Statue war erdrückend.

The potency of the statue's black suggestion was overbearing.

Er konnte sich nicht erinnern, das Original dieses Dings gesehen zu haben.

He could not recall having seen the original of this thing.

Die Statue wurde jedoch von seinem eigenen Traum-Basrelief inspiriert.

But the statue was inspired by his own dream bas-relief.

Die Umrisse hatten sich unmerklich unter seinen Händen herausgebildet.

The outlines had formed themselves insensibly under his hands.

Es war zweifellos die gigantische Gestalt, von der er im Delirium geträumt hatte.

It was, no doubt, the giant shape he had raved of in delirium.

Dass er von dem geheimen Kult tatsächlich nichts wusste, machte er bald deutlich.

That he really knew nothing of the hidden cult he soon made clear.

Nur der unerbittliche Katechismus meines Onkels hatte ihm einige Anhaltspunkte gegeben.

Only my uncle's relentless catechism had given him some clues,

Und wieder einmal bemühte ich mich, die offensichtlichen Schlussfolgerungen wegzuerklären.

And again I strove to explain the obvious conclusions away.

Wie konnte er nur diese seltsamen Eindrücke erhalten haben?

How he could possibly have received the weird impressions?

Er sprach in einer seltsam poetischen Weise von seinen Träumen.

He talked of his dreams in a strangely poetic fashion.

Er ließ mich die Weiten seines Traums mit erschreckender Deutlichkeit vor Augen haben.

He made me see with terrible vividness the vistas of his dream.

Die feuchte, kyklopische Stadt aus schleimigem, grünem Stein.

The damp Cyclopean city of slimy green stone.

Die Geometrie, sagte er seltsamerweise, sei völlig falsch.

The geometry he oddly said, was all wrong.

Und er sprach mit ängstlicher Erwartung von dem, was er gehört hatte.

And he spoke of what he heard with frightened expectancy.

Der unaufhörliche, halb mentale Ruf aus dem Untergrund:

The ceaseless, half-mental calling from underground:

"Cthulhu fhtagn ... Cthulhu fhtagn "

"Cthulhu fhtagn... Cthulhu fhtagn"

Diese Worte waren Teil jenes gefürchteten Rituals gewesen.

These words had formed part of that dreaded ritual.

Das Ritual erzählte von der Traumwache des toten Cthulhu.

The ritual the told of dead Cthulhu's dream-vigil.

Das Ritual, das von seinem Steingewölbe in R'lyeh erzählte .

The ritual that told of his stone vault at R'lyeh.

Und ich war tief bewegt, trotz meiner rationalen Überzeugungen.

And I felt deeply moved, despite my rational beliefs.

Wilcox hatte, da war ich mir sicher, schon einmal beiläufig von der Sekte gehört.

Wilcox, I was sure, had heard of the cult in some casual way.

Er verbrachte seine Zeit mit einer Fülle ebenso skurriler Literatur.

He spent his time in a mass of equally weird literature.

Er muss die Quelle seines Wissens vergessen haben.

He must have forgotten the source of his knowledge.

Später fand der Kult unbewussten Ausdruck in seinen Träumen.

Later the cult had found subconscious expression in his dreams.

Das ist aber verständlich, wenn die Geschichten so beeindruckend sind.

But this is natural when stories are so impressive.

Schließlich manifestierten sich die Ideen des Kultes im Basrelief.

Finally the cult's ideas manifested themselves in the bas-relief.

Und nun manifestierte sich das Thema des Kultes in der schrecklichen Statue.

And now the subject of the cult manifested itself in the terrible statue.

Ich war überzeugt, dass sein Betrug an meinem Onkel völlig harmlos gewesen war.

I was convinced his imposture upon my uncle had been very innocent.

Er wirkte sowohl etwas affektiert als auch etwas unhöflich.

He both slightly affected, and slightly ill-mannered.

Er hatte ein Wesen, das mir nie gefallen konnte.

He had a disposition which I could never like.

Aber ich war nun bereit genug, sein Genie anzuerkennen.

But I was willing enough now to admit his genius.

Und ich kann seine Ehrlichkeit auch nicht leugnen.

And I have no way of denying his honesty either.

Trotz meiner anfänglichen Bedenken verabschiedete ich mich in Freundschaft von ihm.

Despite my initial feelings, I took leave of him amicably.

Und ich wünsche ihm allen Erfolg, den sein Talent verspricht.

And I wish him all the success his talent promises.

***

Das Thema des Kultes faszinierte mich weiterhin.

The matter of the cult continued to fascinate me.

Manchmal hatte ich Visionen von dem persönlichen Ruhm, den ich erlangen könnte.

At times I had visions of the personal fame I could attain.
Ich besuchte New Orleans und sprach mit Legrasse .
I visited New Orleans and talked with Legrasse.
Und ich sprach mit anderen Polizisten, die an der Sumpfrazzia beteiligt waren.
And I spoke with other policemen of that swamp raid.
Ich habe das schreckliche Bild mit eigenen Augen gesehen.
I saw the frightful image with my own eyes.
Und ich habe sogar einige der überlebenden Mischlingsgefangenen befragt.
And I even questioned some of the surviving mongrel prisoners.
Der alte Castro war leider schon seit einigen Jahren tot.
Old Castro, unfortunately, had been dead for some years.
Was ich nun so anschaulich aus erster Hand hörte, begeisterte mich aufs Neue.
What I now heard so graphically at first hand excited me afresh.
Obwohl es im Grunde nur eine detaillierte Bestätigung war.
Though it was really no more than a detailed confirmation.
Was sie mir erzählten, hatte ich bereits in den Aufzeichnungen meines Onkels gelesen.
What they told me I had already read in my uncle's notes.
Ich war mir sicher, dass ich einer sehr realen Wahrheit auf der Spur war.
I felt sure that I was on the track of a very real secret.
Und ich war mir sicher, dass ich eine sehr alte Religion entdecken würde.
And I was sure I was going to discover a very ancient religion.
Diese Entdeckung würde mich zu einem bedeutenden Anthropologen machen.
The discovery would make me an anthropologist of note.
Meine Haltung war nach wie vor die eines absolut rationalen Materialismus.
My attitude was still one of absolute rational materialism.
Und ich wünschte, meine Einstellung zu diesem Thema hätte sich nicht geändert.

And I wish my attitude to the subject matter had not changed.

Ich ignorierte die Zufälle mit einer fast unerklärlichen Perversität.

I discounted with almost inexplicable perversity the coincidences.

Die von Professor Angell gesammelten Traumaufzeichnungen und vereinzelten Ausschnitte.

The dream notes and odd cuttings collected by Professor Angell.

Eine Sache, an der ich zu zweifeln begann, war die Todesursache meines Onkels.

One thing I began to doubt was the cause of my uncle's death.

Ich begann zu vermuten, dass sein Tod alles andere als natürlich war.

I began to suspect his death was far from natural.

Und ich fürchte nun, ich weiß, dass der Tod meines Onkels nicht natürlich war.

And I now fear I know my uncle's death was not natural.

Er stürzte auf einer engen Straße an einem Hügel.

It was on a narrow hill street where he fell.

Die Straße führte vom alten Hafenviertel hinauf.

The street lead up from the ancient waterfront.

Die Hafenstadt wimmelt von fremden Mischlingen.

The port-town swarms with foreign mongrels.

Er stürzte nach einem unachtsamen Stoß eines schwarzen Matrosen.

He fell after a careless push from a negro sailor.

Ich hatte das gemischte Blut der Sektenmitglieder in Louisiana nicht vergessen.

I had not forgotten the mixed blood of the cult-members in Louisiana.

Ich hatte die Matrosen bei der Voodoo-Orgie nicht vergessen.

I had not forgotten the sailors in the voodoo orgy.

Und es würde mich nicht überraschen zu erfahren, dass sie auch über anderes Wissen verfügen.

And would not be surprised to learn that they had other knowledge too.

Geheime Methoden, die in der Antike als kryptische Riten bekannt waren.

Secret methods as anciently known as the cryptic rites.

Giftnadeln, so rücksichtslos wie ihre dämonischen Überzeugungen.

Poison needles as ruthless their demonic beliefs.

Legrasse und seine Männer wurden zwar in Ruhe gelassen.

Legrasse and his men, it is true, have been let alone.

Doch in Norwegen ist ein gewisser Seemann, der Dinge gesehen hat, tot.

But in Norway a certain seaman who saw things is dead.

Könnten nicht etwa finstere Ohren das Interesse meines Onkels an dem Bildhauer bemerkt haben?

Might not sinister ears have picked up my uncle's interest in the sculptor?

Hätten die tiefergehenden Nachforschungen meines Onkels nicht jemandes Aufmerksamkeit erregen können?

Might not the deeper inquiries of my uncle have drawn someone's attention?

Ich glaube, Professor Angell ist gestorben, weil er zu viel wusste.

I think Professor Angell died because he knew too much.

Oder er starb, weil er wahrscheinlich zu viel erfahren würde.

Or he died because he was likely to learn too much.

Ob ich es ihm gleichtun werde, bleibt abzuwarten.

Whether I shall go out as he did remains to be seen.

Denn auch ich habe viel über Cthulhu gelernt.

Because I too have learned much about Cthulhu.

Der Wahnsinn aus dem Meer
The Madness from the Sea

Es gibt einen großen Wunsch, den der Himmel mir gewähren könnte.
There is one great boon heaven could grant me.
Die völlige Auslöschung der Ergebnisse eines reinen Zufalls.
The total effacing of the results of a mere chance.
Ich wünschte, ich hätte diesen herumliegenden Zettel nie gesehen.
I wish I had never seen that stray piece of paper.
Mein Alltag hätte mich normalerweise nicht dorthin geführt.
My daily routine would normally not have taken me there.
An jedem anderen Tag wäre mir nichts aufgefallen.
On any other day I would not have noticed anything.
Es handelte sich um eine alte Ausgabe einer australischen Zeitschrift.
It was an old number of an Australian journal.
Der Sydney Bulletin vom 18. April 1925
The Sydney Bulletin for April 18, 1925
Das Papier war sogar der Schneideabteilung durchgerutscht.
The paper had even slipped past the cutting bureau.
Meine Anfragen hatte ich größtenteils einem Freund überlassen.
I had largely given over my inquiries to a friend.
Er hatte den Großteil der Forschungsarbeit übernommen.
He had taken on the work of most of the research.
Er bezeichnete die Gruppe fortan als den „Cthulhu-Kult".
He had come to refer to the group as the "Cthulhu Cult".
Ich besuchte meinen gelehrten Freund in Paterson, New Jersey.
I was visiting my learned friend of Paterson, New Jersey.
Der Kurator eines örtlichen Museums und ein bedeutender Mineraloge.
The curator of a local museum, and a mineralogist of note.

Während meines Besuchs in seinem Museum hatte ich Zugang zu den reservierten Exponaten.

While at his museum I had access to the reserved specimens.

Und da fiel mir ein seltsames Bild ins Auge.

And this is when an odd picture caught my attention.

Unter einem der Steine lag das Sydney Bulletin, das ich bereits erwähnt hatte.

Beneath one of the stones was the Sydney Bulletin I mentioned.

Mein Freund verfügt über weitreichende Verbindungen in allen erdenklichen fremden Ländern.

My friend has wide affiliations in all conceivable foreign lands.

Das Bild war ein Halbtonschnitt eines scheußlichen Steinbildes.

The picture was a half-tone cut of a hideous stone image.

Fast identisch mit dem Stein, den Legrasse im Sumpf gefunden hatte.

Almost identical with the stone Legrasse had found in the swamp.

Ich las den Artikel voller Vorfreude, um seinen wertvollen Inhalt zu entdecken.

Eagerly I read the article for its precious contents.

Ich war jedoch enttäuscht, als ich feststellte, dass es sich nur um einen kurzen Artikel handelte.

But I was disappointed to find that it was just a short article.

Obwohl die Information kurz war, war sie von bedeutsamer Wichtigkeit.

Although brief, the information was of portentous significance.

***

"RÄTSELHAFTES SCHIFF IM MEER GEFUNDEN"
"MYSTERY DERELICT FOUND AT SEA"

Vigilant trifft mit hilfloser, bewaffneter neuseeländischer Yacht im Schlepptau ein.

Vigilant Arrives With Helpless Armed New Zealand Yacht in Tow.

An Bord wurden ein Überlebender und ein Toter gefunden.

One Survivor and one Dead Man Found Aboard.

Eine Geschichte von verzweifelten Kämpfen und Todesfällen auf See.

Tale of Desperate Battle and Deaths at Sea.

Geretteter Seemann verweigert Auskunft über seltsames Erlebnis.

Rescued Seaman Refuses Particulars of Strange Experience.

Seltsames Götzenbild in seinem Besitz gefunden, Ermittlungen folgen.

Odd Idol Found in His Possession, Inquiry to Follow.

Die Yacht „Alert of Dunedin" aus Neuseeland war im Kampf manövrierunfähig geworden.

The Alert of Dunedin yacht, N.Z., had been disabled in battle.

Zuvor war das Schiff am 25. März von Valparaiso aus abgefahren.

Previously the ship had left from Valparaiso on March 25th.

Am 2. April wurde das Schiff erheblich südlich seines Kurses abgetrieben.

On April 2nd the ship was driven considerably south of her course.

Außergewöhnlich heftige Stürme hatten das Schiff umgeleitet.

Exceptionally heavy storms had redirected the ship.

Monsterwellen zwangen das Schiff, eine andere Route zu nehmen.

Monster waves forced the ship to take a different route.

Am 12. April wurde das Schiff von einem anderen Schiff gesichtet.

On April 12th the ship was sighted by another ship.

Breitengrad 34° 21', Längengrad 152° 17'

Latitude 34° 21', Longitude 152° 17'

Zunächst glaubten sie, das Schiff sei verlassen worden.

Initially they thought the ship had been deserted.

An Bord wurde jedoch noch ein lebender Mann gefunden.

But one still living man had been found on board.

Der einzige Überlebende befand sich in einem halbdelirierenden Zustand.

This lone survivor was in a half-delirious condition.

Das einzige weitere Opfer, das gefunden wurde, war ein Mann, der bereits eine Woche tot war.

The only other victim found was a man already dead a week.

Nun wurde die schwer bewaffnete Dampfyacht abgeschleppt.

Now the heavily armed steam yacht was being towed.

Und heute Morgen lief das Schiff in seinen Kai ein.

And this morning the ship was coming in to its wharf.

Der lebende Mann umklammerte ein schreckliches Steinidol.

The living man was clutching a horrible stone idol.

Die Steinfigur war etwa 30 Zentimeter hoch.

The stone idol was about a foot in height.

Und die Herkunft des Steins war völlig unbekannt.

And the origins of the stone were completely unknown.

Die Verantwortlichen der Universität Sydney waren ratlos.

Authorities at Sydney university were baffled.

Die Royal Society konnte keine Auskunft über das Idol geben.

The Royal Society couldn't offer information about the idol.

Und auch das Museum in der College Street hatte keine neuen Erkenntnisse.

And the Museum in College street had no insights either.

Der Überlebende sagt, er habe den Stein in der Kabine der Yacht gefunden.

The survivor says he found the stone in the cabin of the yacht.

Angeblich befand sich das Götzenbild in einem kleinen, in Stein gehauenen Schrein.

Allegedly the idol was in a small carved shrine.

Die Schnitzereien des Schreins folgten einem einheitlichen Muster.

And the carvings of the shrine were of common pattern.

Dieser Mann erlangte schließlich wieder seine Sinne zurück.

This man eventually recovered back to his senses.

Und er erzählte eine überaus seltsame Geschichte von Piraterie und Gemetzel.

And he told an exceedingly strange story of piracy and slaughter.

Es handelt sich um Gustaf Johansen, einen Norweger von beachtlicher Intelligenz.

He is Gustaf Johansen, a Norwegian of some intelligence.

Und er war Zweiter Offizier auf dem Zweimastschoner Emma aus Auckland gewesen.

And he had been second mate of the two-masted schooner Emma of Auckland.

Das Schiff legte am 20. Februar mit elf Seeleuten an Bord in Richtung Callao ab.

The ship sailed for Callao February 20th, manned by eleven sailors.

Das Schiff, so sagt er, habe Verspätung gehabt und sei weit südlich seines Kurses abgetrieben worden.

The ship, he says, was delayed and thrown widely south of her course.

Am 1. März und am 22. März gab es jeweils einen heftigen Sturm.

There was a great storm on March 1st, and on March 22nd.

Auf ihrer Reise begegneten sie einem anderen Schiff.

On their journey they encountered another ship.

Dies war bei 49° 51′ südlicher Breite und 128° 34′ westlicher Länge.

This was in S. Latitude 49° 51′, W. Longitude 128° 34′

Dieses Schiff war mit einer seltsamen und bösartig aussehenden Besatzung bemannt.

This ship was manned by a queer and evil-looking crew.

Alle Männer waren Kanakas und Mischlinge.
All the men were of Kanakas and half-castes.
Kapitän Collins wurde umgehend angewiesen, umzukehren, weigerte sich jedoch.
Being ordered peremptorily to turn back, Capt. Collins refused.
Ohne Vorwarnung eröffnete die fremde Besatzung wild das Feuer auf den Schoner.
Without warning the strange crew began to shoot savagely upon the schooner.
Sie feuerten eine ungewöhnlich schwere Batterie aus Messingkanonen ab.
They shot a peculiarly heavy battery of brass cannon.
Die Männer seines Schiffes hätten Kampfgeist bewiesen, sagt der Überlebende.
The men from his ship showed fighting spirit, says the survivor.
Der Schoner begann durch Schüsse unterhalb der Wasserlinie zu sinken.
The schooner began to sink from shots beneath the waterline.
Aber sie schafften es, längsseits des feindlichen Bootes zu fahren und es zu entern.
But they managed to heave alongside their enemy boat, and board her.
Sie kämpften mit der wilden Besatzung an Deck der Yacht.
They grappled with the savage crew on the yacht's deck.
Ihre Kampfweise wirkte seltsam ungeschickt.
Their mode of fighting seemed to be strangely clumsy.
Doch für diese wilden Männer schien eine Niederlage keine Option zu sein.
But defeat did not seem to be an option for these savage men.
Sie hatten eine besonders abscheuliche und verzweifelte Art zu kämpfen.
They had a particularly abhorrent and desperate way of fighting.
Daher blieb ihnen keine andere Wahl, als alle Männer des feindlichen Schiffes zu töten.

So they had no choice but to kill all men of the enemy ship.
Drei ihrer Männer wurden bei dem Gefecht ebenfalls getötet.
Three of their men were also killed in the fight.
Kapitän Collins und Erster Offizier Green gehörten zu den Toten.
Capt. Collins and First Mate Green were among the dead.
Zweiter Offizier Johansen übernahm das Kommando von Erstem Offizier Green.
Second Mate Johansen took over control from First Mate Green.
Und die verbliebenen acht Männer steuerten die erbeutete Yacht.
And the remaining eight men proceeded to navigate the captured yacht.
Sie setzten ihren Weg in die ursprünglich eingeschlagene Richtung fort.
They proceeded to continue in the original direction they were going.
Um herauszufinden, ob es einen Grund dafür gab, dass ihnen befohlen wurde, umzukehren.
To see if there had been any reason they were ordered to turn around.

***

Am nächsten Tag landeten sie offenbar auf einer kleinen Insel.
The next day, it appears, they landed on a small island.
Obwohl in diesem Teil des Ozeans keine Insel bekannt ist.
Although no island is known to exist in that part of the ocean.
Sechs der Männer kamen auf der Insel aus unbekannten Gründen an Land ums Leben.
Six of the men somehow died ashore while on the island.
Johansen ist allerdings seltsam zurückhaltend, was diesen Teil seiner Geschichte angeht.

Though Johansen is queerly reticent about this part of his story.

Und er spricht nur davon, dass sie in einen Felsabgrund gestürzt sind.

And he speaks only of their falling into a rock chasm.

Später, so scheint es, gingen er und ein Begleiter an Bord der Yacht.

Later, it seems, he and one companion boarded the yacht.

Gemeinsam versuchten sie, das unterbesetzte Schiff zu steuern.

Together they tried to sail the ship, undermanned.

Doch sie wurden vom Sturm am 2. April schwer getroffen.

But they were beaten about by the storm of April 2nd.

Von diesem Zeitpunkt bis zu seiner Rettung am 12. kann sich der Mann nur wenig erinnern.

From that time till his rescue on the 12th, the man remembers little.

Und er kann sich nicht einmal mehr daran erinnern, wann sein Begleiter William Briden starb.

And he does not even recall when William Briden, his companion, died.

Die Autopsie konnte keine eindeutige Todesursache für Briden ergeben.

Autopsy could reveal no obvious cause to Briden's death.

Die wahrscheinlichste Todesursache ist der Kontakt mit Witterungseinflüssen.

The most likely cause of death is exposure to the elements.

Die Dunedin berichtete, dass ihr Boot, die Alert, wohlbekannt sei.

The Dunedin reported that their boat, the Alert, was well known.

Die Händler der Insel genossen entlang der Uferpromenade einen schlechten Ruf.

The island traders bore an evil reputation along the waterfront.

Das Schiff gehörte einer merkwürdigen Gruppe von Mischlingen.

The ship was owned by a curious group of half-castes.
Häufige Treffen und nächtliche Ausflüge in die Wälder weckten Neugierde.
Frequent meetings and night trips to the woods attracted curiosity.
Das Schiff war am 1. März in großer Eile in See gestochen.
The ship had set sail in great haste on March 1st.
Unmittelbar nach dem Sturm und den Erdbeben in jener Nacht.
Just after the storm, and the earth tremors that night.
Unser Korrespondent in Auckland lobt die Emma in höchsten Tönen.
Our Auckland correspondent gives the Emma excellent reputation.
Die Besatzung der Emma genoss hohes Ansehen.
The Crew from the Emma were held very in high regard.
Und Johansen wird als ein nüchterner und tüchtiger Mann beschrieben.
And Johansen is described as a sober and worthy man.
Die Admiralität wird eine Untersuchung der gesamten Angelegenheit einleiten.
The admiralty will institute an inquiry on the whole matter.
Ab morgen werden alle relevanten Informationen gesammelt.
Starting tomorrow they will collect all relevant information.
Es werden alle Anstrengungen unternommen, um Johansen zum Sprechen zu bewegen.
Every effort will be made to induce Johansen to speak.
Das und das höllische Bild waren alle Informationen, die mir zur Verfügung standen.
This and the hellish image were all the information I had to go on.
Aber welch eine Kette von Ideen hat diese kleine Information in meinem Kopf ausgelöst!
But what a train of ideas that little information started in my mind!
Hier gab es neue Datenschätze zum Cthulhu-Kult.

Here were new treasuries of data on the Cthulhu Cult.
Der Kult hatte nicht nur Interessen an Land.
The cult not only had interests on land.
Nun gab es auch Beweise dafür, dass sie Verbindungen zum Meer hatten.
Now there was evidence they also had connections to the sea.
Welches Motiv veranlasste die Hybrid-Crew, die Emma zurückzubestellen?
What motive prompted the hybrid crew to order back the Emma?
Warum segelten sie mit ihrem scheußlichen Götzenbild umher?
Why did they sail about with their hideous idol?
Was war das für eine unbekannte Insel, auf der sechs Besatzungsmitglieder der Emma ums Leben gekommen waren?
What was the unknown island on which six of the Emma's crew had died?
Und warum hielt Johansen ihren Tod so geheim?
And why was Johansen so secretive about their death?
Was hatte die Untersuchung der Vizeadmiralsbehörde ergeben?
What had the vice-admiralty's investigation brought out?
Und was war über den schädlichen Kult in Dunedin bekannt?
And what was known of the noxious cult in Dunedin?
Man konnte nur staunen über den Zeitpunkt der Ereignisse.
Nor could one help but marvel at the timing of the events.
Zwischen den Daten bestand eine tiefe und mehr als natürliche Verbindung.
There was a deep and more than natural linkage between the dates.
Eine unheilvolle und nun unbestreitbare Bedeutung für die verschiedenen Wendungen der Ereignisse.
A malign and now undeniable significance to the various turns of events.

***

Mein Onkel hatte die Zusammenhänge sehr sorgfältig notiert.

My uncle had noted with great care the connecting events.

Am 1. März ereigneten sich das Erdbeben und der Sturm.

On March 1st the earthquake and storm had come.

Der 28. Februar, gemäß der internationalen Datumsgrenze.

February 28th, according to the International Date Line.

Von Dunedin aus stürmte die widerwärtige Besatzung der Alert eifrig los.

From Dunedin the noisome crew of the Alert darted eagerly forth.

Sie bewegten sich, als wären sie mit gebieterischer Hand herbeigerufen worden.

They moved as if they had been imperiously summoned.

Auf der anderen Seite der Erde spielten sich die anderen Ereignisse ab.

On the other side of the earth the other events unfolded.

Dichter und Künstler hatten begonnen, ihre seltsamen Träume zu haben.

Poets and artists had begun to have their strange dreams.

Träume von einer feuchten, kyklopischen Stadt aus längst vergangenen Zeiten.

Dreams of a dank Cyclopean city from times long gone.

Ein junger Bildhauer wurde ebenfalls von diesen Träumen überzeugt.

A young sculptor was persuaded by these dreams too.

Im Schlaf formte er die Gestalt des gefürchteten Cthulhu.

In his sleep he molded the form of the dreaded Cthulhu.

Am 23. März landete die Besatzung der Emma auf einer unbekannten Insel.

On March 23rd the crew of the Emma landed on an unknown island.

Dort auf der Insel ließen sie sechs Tote zurück.

There on that island they left six men dead.

An diesem Tag nahmen die Träume sensibler Männer eine gesteigerte Lebhaftigkeit an.

On that date the dreams of sensitive men assumed a heightened vividness.

Ihre Träume wurden von der Furcht vor der bösartigen Verfolgung durch ein riesiges Monster verdunkelt.

Their dreams darkened with dread of a giant monster's malign pursuit.

Ein Architekt wurde in jener Nacht von seinen Träumen verrückt.

One architect went mad from his dreams that night.

Und ein Bildhauer war plötzlich in ein Delirium verfallen!

And a sculptor had lapsed suddenly into delirium!

Und dann kam der Sturm am 2. April.

And then there was the storm of April 2nd.

Der Tag, an dem alle Träume von der feuchten Stadt endeten.

The date on which all dreams of the dank city ceased.

Wilcox entkam unversehrt den Fängen einer seltsamen Fiebererkrankung.

Wilcox emerged unharmed from the bondage of strange fever.

Und alles schien wieder normal zu sein.

And everything appeared to be normal again.

Aber was ist mit den Andeutungen, die der alte Castro gemacht hatte?

But what about the hints old Castro had suggested?

Und was ist mit den versunkenen, sternengeborenen Alten?

What about the sunken, star-born old ones?

Und was ist mit ihrer versprochenen Rückkehr und ihrer bevorstehenden Herrschaft?

What about their promised return and coming reign?

Und wie steht es mit ihrem treuen Kult und ihrer Beherrschung der Träume?

What about their faithful cult and their mastery of dreams?

Stand ich am Rande kosmischer Schrecken?

Was I tottering on the brink of cosmic horrors?

Kosmische Schrecken, die die menschliche Belastbarkeit weit übersteigen?

Cosmic horrors far beyond man's power to bear?

Wenn dem so ist, dann müssen es sich um Schrecken handeln, die ausschließlich im menschlichen Geist entstehen.

If so, they must be horrors of the mind alone.

Am zweiten April trat plötzlich koordinierte Ruhe ein.

On the second of April there was sudden coordinated calm.

Die monströse Bedrohung, die die Seele der Menschheit heimgesucht hatte, war verschwunden.

The monstrous menace that sieged mankind's soul had vanished.

An diesem Abend traf ich alle notwendigen Vorkehrungen für meine Weiterreise.

That evening I made all necessary arrangements for onwards travel.

Ich verabschiedete mich von meinem Gastgeber und bestieg einen Zug nach San Francisco.

I bade my host adieu and took a train for San Francisco.

*****

In weniger als einem Monat war ich im Hafen von Dunedin.

In less than a month I was at the port of Dunedin.

Hier jedoch geriet meine Untersuchung ins Stocken.

Here, however, my investigation stumbled slightly.

Ich erkundigte mich in den alten Seemannsgasthäusern, in denen die Männer verweilt hatten.

I inquired in the old sea taverns where the men had lingered.

Über die seltsamen Kultmitglieder war jedoch nur wenig bekannt.

But little was known of the strange cult members.

Der Abschaum der Hafenviertel war viel zu alltäglich, um gesondert erwähnt zu werden.

Waterfront scum was far too common for special mention.

**Es gab jedoch vage Gerüchte über eine Reise ins
Landesinnere, die diese Mischlinge unternommen hatten.**
But there was vague talk about one inland trip these mongrels
had made.
**In der Ferne waren leise Trommelgeräusche und rote
Flammen auf den Hügeln zu hören.**
Faint drumming and red flames were noted on the distant
hills.
In Auckland erfuhr ich nur ein wenig mehr über Johansen.
In Auckland I learned only a little more of Johansen.
Er war zur Untersuchung nach Sydney gebracht worden.
He had been taken to Sydney for the investigation.
**Eine oberflächliche und ergebnislose Befragung ließ sein
Haar ergrauen.**
A perfunctory and inconclusive questioning turned his hair
white.
Anschließend verkaufte er sein Häuschen in der West Street.
Thereafter he sold his cottage in West Street.
**Und er segelte mit seiner Frau zurück in seine alte Heimat
Oslo.**
And he sailed with his wife to his old home in Oslo.
Seine Erlebnisse hatten ihn sichtlich tief bewegt.
His experience had clearly stirred him deeply.
**Seinen Freunden erzählte er jedoch nicht mehr, als er den
Offizieren der Admiralität erzählt hatte.**
But he told his friends no more than he had told the admiralty
officials.
**Und alles, was sie tun konnten, war, mir seine Adresse in
Oslo zu geben.**
And all they could do was to give me his Oslo address.
**Danach bin ich nach Sydney gefahren und habe mich
erfolglos mit Seeleuten unterhalten.**
After that I went to Sydney and talked profitlessly with
seamen.
**Auch die Mitglieder des Vizeadmiralsgerichts konnten mir
keine Aufschlüsse geben.**

Members of the vice-admiralty court could not enlighten me either.

Ich konnte den Alarm bis Circular Quay in Sydney Cove zurückverfolgen.

I tracked the Alert down to Circular Quay in Sydney Cove.

Das Schiff war verkauft worden und wurde wieder kommerziell genutzt.

The ship had been sold and was again in commercial use.

Aus der Ladung des Schiffes konnte ich jedoch keine weiteren Hinweise gewinnen.

But I could gain no further clues from the ship's cargo.

Das Bild wurde im Museum im Hyde Park aufbewahrt.

The image was preserved in the Museum at Hyde Park.

Der Kopf eines Tintenfischs, der Körper eines Drachen und die schuppigen Flügel.

The cuttlefish head, dragon body, and scaly wings.

Das Monster kauert auf dem mit Hieroglyphen verzierten Sockel.

The monster crouching atop the hieroglyphed pedestal.

Ich habe jedes Detail des Idols lange und gründlich studiert.

I studied every detail of the idol long and well.

Das Relikt war ein Objekt von unheilvoll exquisiter Handwerkskunst.

The relic was a thing of balefully exquisite workmanship.

Mir fiel sofort die Ähnlichkeit zu Legrasses kleinerem Exemplar auf.

I couldn't help but notice the similarity to Legrasse's smaller specimen.

Beide Idole bargen dasselbe absolute Geheimnis und dieselbe schreckliche Antike.

Both idols had the same utter mystery and terrible antiquity.

Und beide Idole besaßen die gleiche unirdische Fremdartigkeit des Materials.

And both idols had the same unearthly strangeness of material.

Geologen, so erzählte mir der Kurator, hätten darin ein monströses Rätsel gefunden.

Geologists, the curator told me, had found it a monstrous puzzle.

Sie bestanden darauf, dass es auf der Welt keinen Felsen wie diesen gäbe.

They insisted that the world held no rock like this one.

Da dachte ich mit einem Schaudern an das, was der alte Castro Legrasse erzählt hatte .

Then I thought with a shudder of what old Castro had told Legrasse.

Die Geschichte der urzeitlichen Großen, die im Meer versunken sind.

The tale of the primal great ones, sunken under the sea.

„Sie waren von den Sternen gekommen."

"They had come from the stars."

„Sie hatten ihre Bilder mitgebracht."

"They had brought their images with them."

Ich wurde von einer mentalen Revolution erschüttert, wie ich sie noch nie zuvor erlebt hatte.

I was shaken with a mental revolution as I had never before known.

Ich war nun endgültig entschlossen, Mate Johansen in Oslo zu besuchen.

I was now completely resolved to visit Mate Johansen in Oslo.

Auf dem Weg nach London ging ich sofort wieder an Bord, um in die norwegische Hauptstadt zu reisen.

Sailing for London, I re-embarked at once for the Norwegian capital.

Und eines Herbsttages landete ich an den Kais.

And one autumn day I landed at the wharves.

***

Johansens Heimatstadt lag im Schatten des Egebergs.

Johansen's hometown was in the shadow of the Egeberg.

Ich fand heraus, dass er in der Altstadt von König Harold Haardrada lebte.

I discovered he lived in the Old Town of King Harold
Haardrada.
**Jahrhundertelang hatte sich die größere Stadt als
„Christiania" ausgegeben.**
For centuries the greater city had masqueraded as
"Christiania".
König Harald Hardrada hielt den Namen Oslo am Leben.
King Harald Hardrada kept alive the name of Oslo.
**Ich unternahm die kurze Fahrt zu seinem Wohnsitz mit dem
Taxi.**
I made the brief trip to his residences by taxicab.
Ein gepflegtes, altes Gebäude mit verputzter Fassade.
A neat and ancient building with plastered front.
Und ich klopfte mit klopfendem Herzen an die Tür.
And I knocked with palpitant heart at the door.
**Eine Frau mit traurigem Gesichtsausdruck und in Schwarz
antwortete auf meine Aufforderung.**
A sad-faced woman in black answered my summons.
Der Anblick erfüllte mich mit tiefer Enttäuschung.
I was stung with disappointment at the sight.
**Sie sagte mir in gebrochenem Englisch, dass Gustaf
Johansen nicht mehr lebe.**
She told me in halting English that Gustaf Johansen was no
more.
**Er habe seine Rückkehr nicht lange überlebt, sagte seine
Frau.**
He had not long survived his return, said his wife.
Die Ereignisse auf See im Jahr 1925 hatten ihn gebrochen.
The doings at sea in 1925 had broken him.
**Er hatte ihr nicht mehr erzählt, als er der Öffentlichkeit
erzählt hatte.**
He had told her no more than he had told the public.
**Er hatte jedoch ein langes Manuskript mit „technischen
Angelegenheiten" hinterlassen.**
But he had left a long manuscript of "technical matters".
**Diese Aufzeichnungen der Reise waren in Englisch verfasst
worden.**

These notes of the voyage had been written in English.

Offenbar um sie vor der Gefahr des zufälligen Durchlesens zu schützen.

Evidently in order to safeguard her from the peril of casual perusal.

Er war in einer engen Gasse in der Nähe des Göteborger Hafens spazieren gegangen.

He had gone for a walk through a narrow lane near the Gothenburg dock.

Ein Bündel Papiere, das aus einem Dachfenster gefallen war, hatte ihn umgeworfen.

A bundle of papers falling from an attic window had knocked him down.

Zwei Matrosen der Lascar halfen ihm sogleich wieder auf die Beine.

Two Lascar sailors at once helped him to his feet.

Doch bevor der Krankenwagen ihn erreichen konnte, war er bereits tot.

But before the ambulance could reach him he was dead.

Die Ärzte konnten keine ausreichende Todesursache feststellen.

The physicians found no adequate cause for his death.

Sie führten seinen Tod größtenteils auf Herzprobleme zurück.

They mostly attributed his death to heart trouble.

Sie fügten jedoch hinzu, dass seine geschwächte Konstitution höchstwahrscheinlich dazu beigetragen habe.

But they added his weakened constitution most likely contributed.

Ich spürte nun ein tiefes, nagendes Gefühl in meinen Organen.

I now felt a deep gnawing at my vitals.

Ein finsterer Schrecken, der mich erst dann verlassen wird, wenn auch ich Ruhe gefunden habe.

A dark terror which will never leave me till I, too, am at rest.

Ob mein Tod ein „Unfall" sein wird oder nicht, kann ich nicht sagen.

Whether my death will come "accidentally" or not I can't tell.
Ich sprach mit der Witwe über die Arbeit ihres Mannes.
I spoke to the widow about her husband's work.
**Und ich überzeugte sie davon, dass ich eine „technische"
Verbindung zu ihm hätte.**
And I persuaded her I had a "technical" connection to him.
**Daher war sie der Ansicht, dass ich ein ausreichendes
Anrecht auf das Manuskript hätte.**
So she felt I was sufficiently entitled to the manuscript.
Und so gelangte ich in den Besitz der Schrift des Toten.
And so I attained the dead man's writing.
**Ich begann die Dokumente auf der Schiffsfahrt nach
London zu lesen.**
I began to read the documents on the boat to London.
**Es waren kaum mehr als einfache, zusammenhanglose
Notizen.**
They were little more than simple, rambling notes.
**Der Versuch eines naiven Seemanns, nachträglich ein
Tagebuch zu führen.**
A naive sailor's effort at a post-facto diary.
**Er bemühte sich, sich Tag für Tag an diese letzte,
schreckliche Reise zu erinnern.**
He strove to recall that last awful voyage day by day.
**Ich kann nicht versuchen, seine Notizen wortgetreu
abzuschreiben.**
I cannot attempt to transcribe his notes verbatim.
**Das Manuskript ist von Unklarheiten und Redundanz
geprägt.**
The manuscript is clouded with vagueness and redundance.
**Ich werde Ihnen aber den Kern dessen wiedergeben, was er
geschrieben hat.**
But I will tell the gist of what he wrote.
**Vielleicht verstehst du dann, warum ich mir die Ohren mit
Watte verstopft habe.**
Perhaps then you will understand why I stuffed my ears with
cotton.

**Das Geräusch des Wassers, das gegen die Bordwand des
Schiffes schlug, wurde unerträglich.**
The sound of the water against the vessel's sides became
unendurable.

***

**Johansen wusste, Gott sei Dank, nicht genau, was er gesehen
hatte.**
Johansen, thank God, did not quite know what he had seen.
**Es ist aber offensichtlich, dass er die Stadt und das Ding
gesehen hatte.**
But it is evident he had seen the city and the Thing.
**Ich werde nie wieder ruhig schlafen können, wenn ich an
die Schrecken denke.**
I shall never sleep calmly again when I think of the horrors.
**Die Schrecken, die unaufhörlich hinter dem Leben in Zeit
und Raum lauern.**
The horrors that lurk ceaselessly behind life in time and space.
**Jene unheiligen Blasphemien, die von uralten Sternen
kommen.**
Those unhallowed blasphemies that come from elder stars.
**Träumer unter dem Meer, die nur einem alptraumhaften
Kult bekannt sind.**
Dreamers beneath the sea known only by a nightmare cult.
**Ein Kult, der bereit und begierig darauf ist, diese Monster in
die Welt loszulassen.**
A cult ready and eager to release these monsters into the
world.
**Immer wenn ein weiteres Erdbeben ihre monströse
Steinstadt wieder emporhebt.**
Whenever another earthquake raises their monstrous stone
city again.
Wenn Cthulhu wieder im Licht der Sonne steht.
When Cthulhu is under the light of the sun once more.
**Johansens Reise hatte genau so begonnen, wie er es der
Vizeadmirals mitgeteilt hatte.**

Johansen's voyage had begun just as he told it to the vice-admiralty.

Die Emma hatte Auckland am 20. Februar mit Ballast verlassen.

The Emma, in ballast, had cleared Auckland on February 20th.

Das Schiff hatte die volle Wucht des durch das Erdbeben ausgelösten Sturms zu spüren bekommen.

The ship had felt the full force of that earthquake-born tempest.

Die Schrecken vom Meeresgrund, die die Träume der Menschen erfüllten.

The horrors from the sea-bottom that filled men's dreams.

Nachdem das Schiff wieder unter Kontrolle war, kam es gut voran.

Once under control again the ship was making good progress.

Doch dann wurde das Schiff am 22. März von der Alert aufgehalten.

But then the ship was held up by the Alert on March 22nd.

Ich konnte das Bedauern des Steuermanns spüren, als er über ihren Beschuss und Untergang schrieb.

I could feel the mate's regret as he wrote of her bombardment and sinking.

Von den dunkelhäutigen Kultisten auf dem anderen Boot spricht er mit Entsetzen.

Of the swarthy cult-fiends on the other boat he speaks with horror.

Sie hatten etwas besonders Abscheuliches an sich.

There was some peculiarly abominable quality about them.

Irgendwie schien ihre Vernichtung beinahe eine Pflicht zu sein.

Something made their destruction seem almost a duty.

Dieser Punkt wurde während der Verhandlung vor dem Untersuchungsausschuss zur Sprache gebracht.

This point was brought up during the proceedings of the court of inquiry.

Johansen zeigt sich angesichts des Vorwurfs der Rücksichtslosigkeit unschuldig verwundert.

Johansen shows ingenuous wonder at the accusation of ruthlessness.

Neugier war es, die die Männer auf ihrer erbeuteten Yacht antrieb.

Curiosity is what drove the men on in their captured yacht.

Die Männer erblickten eine gewaltige Steinsäule, die aus dem Meer ragte.

Sticking out of the sea the men sighted a great stone pillar.

Bei 47° 9' südlicher Breite und 126° 43' westlicher Länge stoßen sie auf eine Küstenlinie.

In South Latitude 47° 9', West Longitude 126° 43' they come upon a coastline.

Die Küstenlinie bestand aus einer Mischung aus Schlamm, Morast und mit Unkraut bewachsenem, zyklopischem Mauerwerk.

The coastline was of mingled mud, ooze, and weedy Cyclopean masonry.

Nichts Geringeres als die greifbare Substanz des größten Schreckens der Erde.

Nothing less than the tangible substance of earth's supreme terror.

Sie waren auf die alptraumhafte Leichenstadt R'lyeh gestoßen .

They had come across the nightmare corpse-city of R'lyeh.

Eine Stadt, die in unermesslichen Zeitaltern der Geschichte erbaut wurde.

A city built in measureless eons behind history.

Denkmäler für gewaltige, abscheuliche Gestalten, die von den dunklen Sternen herabgesickert sind.

Monuments to vast loathsome shapes that seeped down from the dark stars.

Dort lagen der große Cthulhu und seine Horden für unzählige Zyklen.

There lay great Cthulhu and his hordes for incalculable cycles.

Verborgen in grünen, schleimigen Gewölben sandten sie ihre Gedanken aus.

Hidden in green slimy vaults, they sent out their thoughts.

Gedanken, die den Sensiblen Angst in die Träume treiben.

The thoughts that spread fear to the dreams of the sensitive.

Die Gedanken, die die Gläubigen gebieterisch aufriefen.

The thoughts that called imperiously to the faithful.

„Kommt mit auf eine Pilgerreise der Befreiung und Wiederherstellung."

"Come on a pilgrimage of liberation and restoration."

All diesen Schrecken konnte Johansen unmöglich ahnen.

All this horror Johansen had no way of suspecting.

Aber Gott weiß, dass er bald genug gesehen hatte!

But God knows he had soon seen enough!

Ich nehme an, was sie sahen, war nur ein einziger Berggipfel.

I suppose what they saw was only a single mountain-top.

Bald tauchte auch der Rest der Stadt aus den Wassern auf.

Soon the rest of the city emerged from the waters.

Die scheußliche, von einem Monolithen gekrönte Zitadelle, in der der große Cthulhu begraben wurde.

The hideous monolith-crowned citadel where great Cthulhu was buried.

Mir graut es vor dem Gedanken an all das, was dort unten lauern mag.

I shudder to think of all that may be brooding down there.

Und ich wünschte fast, ich würde mich umbringen, um diese Gedanken zu stoppen.

And I almost wish to kill myself to stop these thoughts.

***

Johansen und seine Männer waren von der kosmischen Majestät überwältigt.

Johansen and his men were awed by the cosmic majesty.

Sie erblickten dieses tropfende Babylon der uralten Dämonen.

They beheld the sight of this dripping Babylon of elder demons.

Sie müssen ohne Hilfe erraten haben, was sie da sahen.

They must have guessed without guidance what it was they saw.

Was sie sahen, hatte nichts mit diesem Planeten oder irgendeinem anderen vernünftigen Planeten zu tun.

What they saw was nothing of this or of any sane planet.

Die unglaubliche Größe der grünlichen Steinblöcke.

The unbelievable size of the greenish stone blocks.

Die schwindelerregende Höhe des gewaltigen, in den Fels gehauenen Monolithen.

The dizzying height of the great carven monolith.

Und dann waren da noch die Basreliefs, die auf dem erbeuteten Schiff gefunden wurden.

And then there was the bas-reliefs found on the captured ship.

Die kolossalen Statuen spiegelten die Szene auf den Reliefs wider.

The colossal statues mirrored the scene on the carvings.

Johansen hat etwas geschaffen, das dem Futurismus sehr nahe kommt.

Johansen achieved something very close to futurism.

Weil er keine konkrete Struktur oder kein Gebäude beschrieben hat.

Because he did not describe any definite structure or building.

Er verweilte bei den umfassenden Eindrücken von riesigen Winkeln und Steinoberflächen.

He dwelled on the broad impressions of vast angles and stone surfaces.

Flächen, die zu groß sind, um irgendetwas zu gehören, das für diese Erde richtig oder angemessen ist.

Surfaces too great to belong to anything right or proper for this earth.

Unheilige Oberflächen mit schrecklichen Bildern und Hieroglyphen.

Surfaces impious with horrible images and hieroglyphs.

Es gibt einen Grund, warum ich seine Ausführungen über Winkel erwähne.

There is a reason I mention his talk about angles.

Es erinnert mich an etwas, das mir Wilcox über seine schrecklichen Träume erzählt hatte.

It reminds me of something Wilcox had told me of his awful dreams.

Er hatte gesagt, die Geometrie des Traumortes, den er gesehen hatte, sei abnormal.

He had said that the geometry of the dream-place he saw was abnormal.

Nichteuklidische Sphären, die es hier auf der Erde mit nichts anderem nicht gibt.

Non-Euclidean spheres unlike anything here on earth.

Von widerwärtigem Geruch. Dimensionen, die sich völlig von unseren unterscheiden.

Loathsomely redolent dimensions completely unlike ours.

Nun beschrieb ein Seemann genau dasselbe.

Now a seaman was describing the exact same thing.

Beide hatten denselben schrecklichen Einblick in diese Realität erhalten.

They bad both had the same terrible glimpse of this reality.

Johansen und seine Männer landeten an einem abfallenden Schlammufer.

Johansen and his men landed at a sloping mud-bank.

Und sie blickten hinauf zu dieser monströsen Akropolis.

And they looked up at this monstrous Acropolis.

Sie kletterten glitschig über die riesigen, schleimigen Blöcke hinauf.

They clambered slippery up over titan oozy blocks.

Blöcke, die unmöglich eine Treppe für Sterbliche hätten sein können.

Blocks which could have been no mortal staircase.

Selbst die Sonne des Himmels schien in diesem Nebel verzerrt.

The very sun of heaven seemed distorted in this mist.

Ein polarisierendes Miasma, das aus dieser vom Meer durchtränkten Perversion quillt.

A polarizing miasma welling out from this sea-soaked perversion.

In diesen schwer fassbaren Felsen lauerte eine verdrehte Bedrohung und Spannung.

Twisted menace and suspense lurked in those elusive rocks.

Ein zweiter Blick zeigte eine Konkavität, wo der erste Blick eine Konvexität erkennen ließ.

A second glance showed concavity where the first showed convexity.

Etwas Furchtbares hatte alle Entdecker befallen.

Something very like fright had come over all the explorers.

Jeder der Männer wäre geflohen, hätte er nicht die Verachtung der anderen gefürchtet.

Each man would have fled had he not feared the scorn of the others.

Und nur halbherzig suchten sie vergeblich.

And it was only half-heartedly that they vainly searched.

Sie suchten nach einem tragbaren Souvenir, das sie mitnehmen konnten.

They were looking for some portable souvenir to bear away.

Es war Rodriguez, der Portugiese, der den Fuß des Monolithen hinaufstieg.

It was Rodriguez, the Portuguese, who climbed up the foot of the monolith.

Von dort rief er lautstark, was er gefunden hatte.

From there he shouted of what he had found.

Die Übrigen folgten ihm bis zum Fuß des Monolithen.

The rest followed him to the foot of the monolith.

Sie betrachteten neugierig die riesige Tür vor ihnen.

They looked curiously at the immense door in front of them.

Der mittlerweile bekannte Tintenfischdrache war in die Tür eingraviert.

The now familiar squid-dragon was carved on the door.

Es war, sagte Johansen, wie eine riesige Scheunentür.

It was, Johansen said, like a great barn-door.

Obwohl sie sagten, es erwecke nur den Eindruck einer Tür.

Although they said it only gave the impression of a door.

Sie konnten sich nicht entscheiden, ob die Tür flach wie eine Falltür lag.

They could not decide if the door lay flat like a trap-door.
Oder vielleicht war die Öffnung schräg wie eine Kellertür von außen.
Or maybe the opening was slanted like an outside cellar-door.
Wie Wilcox gesagt hätte, war die Geometrie des Ortes völlig falsch.
As Wilcox would have said, the geometry of the place was all wrong.
Man konnte nicht sicher sein, dass Meer und Land horizontal verliefen.
One could not be sure that the sea and the ground were horizontal.
Daher schien die relative Position von allem anderen phantasmagorisch veränderlich.
Hence the relative position of everything else seemed phantasmally variable.
Briden drückte an mehreren Stellen gegen den Stein, jedoch ohne Erfolg.
Briden pushed at the stone in several places, without result.
Dann tastete Donovan vorsichtig um den Türrand herum.
Then Donovan felt delicately over around the edge of the door.
Er kletterte endlos an dem grotesken Steingesims entlang.
He climbed interminably along the grotesque stone molding.
Ob man das wirklich Klettern nennen kann, ist allerdings fraglich.
Although, if you could really call it climbing is debatable.
Vielleicht war die Tür eher horizontal als vertikal.
Perhaps the door was more horizontal than vertical.
Und die Männer wunderten sich, wie irgendeine Tür im Universum so riesig sein konnte.
And the men wondered how any door in the universe could be so vast.
Dann, ganz leise und langsam, begann etwas zu geschehen.
Then, very softly and slowly, something began to happen.
Die riesige Platte begann oben nach innen nachzugeben.
The acre-great panel began to give inward at the top.

**Und sie sahen, dass die Tür sich selbst im Gleichgewicht
gehalten hatte.**
And they saw that the door had balanced itself.

***

**Donovan schaffte es irgendwie, sich am Türpfosten entlang
zurückzuschieben.**
Donovan somehow propelled himself back along the jamb.
**Und alle beobachteten den seltsamen Rückzug des monströs
geschnitzten Portals.**
And everyone watched the queer recession of the monstrously
carven portal.
**In dieser Fantasie prismatischer Verzerrung bewegte es sich
anomal diagonal.**
In this fantasy of prismatic distortion it moved anomalously in
a diagonal way.
**Alle Gesetze der Materie und der Perspektive schienen
verwirrt.**
All the rules of matter and perspective seemed confused.
**Die Öffnung war schwarz von einer fast materiellen
Dunkelheit.**
The aperture was black with a darkness almost material.
Diese Düsternis war in der Tat eine positive Eigenschaft.
That tenebrousness was indeed a positive quality.
**Den Männern blieb es erspart, die inneren Mauern zu
sehen.**
The men were spared from seeing the inner walls.
**Die Dunkelheit brach wie Rauch aus ihrer äonlangen
Gefangenschaft hervor.**
The darkness burst forth like smoke from its eon-long
imprisonment.
**Die Sonne wurde durch den Flügelschlag der Flughäute
sichtbar verdunkelt.**
The sun was visibly darkened by flapping membranous
wings.

Und der Schatten glitt davon in den geschrumpften und sich verjüngenden Himmel.

And the shadow slunk away into the shrunken and gibbous sky.

Der Geruch, der aus den neu erschlossenen Tiefen aufstieg, war unerträglich.

The odor arising from the newly opened depths was intolerable.

Der scharfhörige Hawkins glaubte, ein widerliches, schmatzendes Geräusch zu hören.

The quick-eared Hawkins thought he heard a nasty, slopping sound.

Seine Vermutung bestätigte sich, als es sabbernd in Sichtweite kam.

His ears were confirmed when It lumbered slobberingly into sight.

Seine gallertartige grüne Unermesslichkeit tastete sich durch die schwarze Halle.

Its gelatinous green immensity groped through the black hall.

Und sein Schleim und Geruch drang durch die schräge Tür.

And Its ooze and smell squeezed through the angled door.

Das Ding begab sich in die verpestete Luft dieser vergifteten Stadt des Wahnsinns.

The Thing went into the tainted air of that poison city of madness.

Der arme Johansen hatte fast keine Handschrift mehr, als er dies schrieb.

Poor Johansen's handwriting almost gave out when he wrote of this.

Er glaubt, dass in diesem verfluchten Augenblick zwei Männer vor lauter Angst umgekommen sind.

He thinks two men perished of pure fright in that accursed instant.

Das Ding lässt sich mit unserer Sprache nicht beschreiben.

The Thing cannot be described with our language.

Es gibt keine Worte für solche Abgründe des Gekreisches und des uralten Wahnsinns.

There are no words for such abysms of shrieking and immemorial lunacy.

Unheimliche Widersprüche aller Materie, Kraft und kosmischen Ordnung.

Eldritch contradictions of all matter, force, and cosmic order.

Ein Berg, der auf der Erde wandelte und stolperte. Gott!

A mountain that walked and stumbled on the earth. God!

Kein Wunder, dass irgendwo auf der Welt ein großer Architekt den Verstand verlor.

No wonder that across the earth a great architect went mad.

Kein Wunder, dass der arme Wilcox in diesem telepathischen Augenblick vor Fieber tobte.

No wonder poor Wilcox raved with fever in that telepathic instant.

Der grüne, klebrige Brut der Sterne wandelte auf Erden.

The green, sticky spawn of the stars, was walking the earth.

Das Ding der Götzen war erwacht, um sein Eigenes zu beanspruchen.

The Thing of the idols had awaked to claim his own.

Die Sterne standen wieder günstig, wie vorhergesagt.

The stars were aligned again, as was predicted.

Ein uralter Kult hatte seine Pflichten nicht erfüllt.

An age-old cult had failed in their duties.

Und eine Gruppe unschuldiger Seeleute erfüllte ihre Rolle eher zufällig.

And a band of innocent sailors fulfilled their role by accident.

Nach unzähligen Jahren war der große Cthulhu wieder frei.

After vigintillions of years great Cthulhu was loose again.

Und nun trieb der große Cthulhu sein Unwesen vor Lust.

And now great Cthulhu was ravening for delight.

Drei Männer wurden von den schlaffen Klauen erfasst, bevor sich überhaupt jemand umdrehte.

Three men were swept up by the flabby claws before anybody turned.

Gott schenke ihnen Ruhe, wenn es denn überhaupt Ruhe im Universum gibt.

God rest them, if there be any rest in the universe.

Hiermit sei bekanntgegeben, dass ihre Namen Donovan, Guerrera und Angstrom waren.

Let it be known that their names were Donovan, Guerrera and Angstrom.

Parker rutschte aus, als er zu fliehen versuchte.

Parker slipped as he was trying to make his escape.

Die anderen drei stürzten sich wie von Sinnen zurück zum Boot.

The other three were plunging frenziedly back to the boat.

Sie rannten über endlose Weiten grün bewachsener Felsen.

They ran over endless vistas of green-crusted rock.

Johansen beteuert, er sei von einem Mauerwinkel verschluckt worden.

Johansen swears he was swallowed up by an angle of masonry.

Ein Winkel, der dort nicht hätte sein dürfen.

An angle which shouldn't have been there.

Ein Winkel, der spitz war, sich aber wie ein stumpfer Winkel verhielt.

An angle which was acute, but behaved as if it were obtuse.

Nur Briden und Johansen schafften es zurück zum Boot.

Only Briden and Johansen made it back to the boat.

Die beiden Männer hatten einen glücklichen Moment.

The two men had a moment of good fortune.

Das monströse, bergartige Gebilde plumpste auf die glitschigen Steine.

The mountainous monstrosity flopped down on the slimy stones.

Und das Tier zögerte und strampelte am Ufer.

And the beast hesitated floundering at the edge of the water.

Dem Dampfboot waren noch nicht gänzlich die glühenden Kohlen ausgegangen.

The steam boat had not entirely run out of hot coals.

Trotz des Aufbruchs aller Männer zum Ufer.

Despite the departure of all men for the shore.

Fieberhaft eilten die beiden Männer zwischen den Rädern auf und ab.

Feverishly the two men rushed up and down between wheels.

Es dauerte nur wenige Augenblicke, den Motor zum Laufen zu bringen.

It was the work of only a few moments to get the engine going.

Inmitten der verzerrten Schrecken dieser unbeschreiblichen Szene.

Amidst the distorted horrors of that indescribable scene.

Langsam begann ihr Boot die tödlichen Wasser unter ihr aufzuwühlen.

Slowly their boat began to churn the lethal waters beneath her.

Und sie bewegten sich entlang des Mauerwerks dieses Leichenufers.

And they moved along the masonry of that charnel shore.

Diese seltsame Küstenlinie, die nicht von dieser Welt zu sein schien.

That strange coastline that was not from this world.

***

Das gigantische Ding aus den Sternen sabberte und brabbelte.

The titan Thing from the stars slavered and gibbered.

Wie Polyphem, der das fliehende Schiff des Odysseus verfluchte.

Like Polypheme cursing the fleeing ship of Odysseus.

Dann glitt der große Cthulhu schmierig ins Wasser.

Then great Cthulhu slid greasily into the water.

Kühner und wagemutiger als der sagenumwobene Zyklop.

Bolder and more daring than the storied Cyclops.

Cthulhu verfolgte sie mit kosmischer Bewegung durch das Wasser.

Cthulhu pursued them through the water with cosmic movement.

Briden blickte vom Schiff zurück und begann schrill zu lachen.

Briden looked back from the ship and started laughing shrilly.

Von diesem Moment an lachte Briden in unregelmäßigen Abständen weiter.
From that moment Briden continued laughing at odd intervals.
Doch Johansen hatte noch nicht aufgegeben.
But Johansen had not given up yet.
Er wusste, dass sein Schiff keine Chance hatte, das Ding abzuhängen.
He knew his ship had no chance of outpacing the thing.
Also beschloss er, ein verzweifeltes Risiko einzugehen.
So he resolved on taking a desperate chance.
Er belud den Ofen und stellte den Motor auf volle Drehzahl.
He loaded the furnace and set the engine for full speed.
Und dann rannte er blitzschnell an Deck und legte das Steuerrad zurück.
And then he ran lightning-like on deck and reversed the wheel.
In der übelriechenden Salzlake gab es ein gewaltiges Strudeln und Schäumen.
There was a mighty eddying and foaming in the noisome brine.
Der Dampf stieg immer höher in den Himmel.
The steam mounted higher and higher into the sky.
Und der tapfere Norweger wendete den Verlauf der Verfolgungsjagd.
And the brave Norwegian reversed the course of the chase.
Vor ihm erhob sich der unreine Schaum wie das Heck einer Dämonengaleone.
Before him rose the unclean froth like the stern of a demon galleon.
Er steuerte sein Schiff frontal auf die verfolgende Qualle zu.
He drove his vessel head on against the pursuing jelly.
Der schreckliche Tintenfischkopf reichte fast bis zum Bugspriet der Yacht.
The awful squid-head came nearly up to the yacht's bowsprit.
Doch Johansen fuhr unerbittlich gegen die sich windenden Fühler an.

But Johansen drove on relentlessly against the writhing feelers.

Es gab ein lautes Knallen wie bei einer explodierenden Blase.

There was a bursting as of an exploding bladder.

Es hatte eine matschige Widerlichkeit wie ein gespaltener Mondfisch.

There was a slushy nastiness as of a cloven sunfish.

Es stank wie nach tausend geöffneten Gräbern.

There was a stench as of a thousand opened graves.

Und da war ein Geräusch, das der Chronist nicht zu Papier brachte.

And there was a sound the chronicler did not put on paper.

Einen Augenblick lang wurde das Schiff von einer stechenden Wolke verschmutzt.

For an instant the ship was befouled by an acrid cloud.

Die grüne Wolke blendete Johansen und den Wahnsinnigen.

The green cloud blinded Johansen and the mad man.

Und dann war da nur noch ein giftiges Grollen achtern.

And then there was only a venomous seething astern.

Aber Gott im Himmel! Was die beiden Männer als Nächstes sahen;

But God in heaven! What the two men saw next;

Die verstreute Plastizität dieses namenlosen Himmelsgeschöpfes.

The scattered plasticity of that nameless sky-spawn.

Das verletzte Ding rekombinierte sich auf unbestimmte Weise.

The injured thing was nebulously recombining.

Bald würde Cthulhu in seiner hasserfüllten ursprünglichen Gestalt zurückkehren.

Soon Cthulhu would be back in its hateful original form.

Doch ihr Abstand vergrößerte sich mit jeder Sekunde.

But their distance was widening with every second.

Das Schiff gewann durch den zunehmenden Dampf an Fahrt.

The ship was gaining impetus from its mounting steam.

Und schließlich war die verfluchte Stadt am Horizont zu sehen.

And eventually the cursed city was over the horizon.

***

Er unternahm nach ihrer glücklichen Rettung keinen Navigationsversuch.

He did not try to navigate after their lucky escape.

Seine Reaktion hatte ihm etwas aus der Seele geraubt.

His reaction had taken something out of his soul.

Er verbrachte seine Zeit damit, in der Hütte über das Idol zu grübeln.

He spent his time brooding over the idol in the cabin.

Er kümmerte sich um den lachenden Wahnsinnigen im Boot.

He looked after the laughing maniac in the boat.

Und er kümmerte sich um einige Angelegenheiten, wie zum Beispiel um die Verpflegung.

And he attended to a few matters such as food.

Dann kam der Sturm vom 2. April.

Then came the storm of April 2nd.

An diesem Tag zogen Wolken über seinem Bewusstsein auf.

On that day clouds gathered over his consciousness.

Es herrscht ein Gefühl von reinem und raffiniertem Delirium.

There is a sense of pure and refined delirium.

Spektrales Wirbeln durch flüssige Abgründe der Unendlichkeit.

Spectral whirling through liquid gulfs of infinity.

Schwindelerregende Fahrten durch taumelnde Universen auf dem Schweif eines Kometen.

Dizzying rides through reeling universes on a comet's tail.

Hysterische Stürze vom Abgrund bis zum Mond.

Hysterical plunges from the pit to the moon.

Und er stürzte vom Mond wieder zurück in die Grube.

And he plunged back again from the moon to the pit.

Ein kichernder Chor der verzerrten, urkomischen alten Götter.

A cachinnating chorus of the distorted, hilarious elder gods.

Und die grünen, fledermausflügeligen Spottgeister des Tartarus.

And the green bat-winged mocking imps of Tartarus.

Aus diesem Traum erwuchs die Rettung: das Schiff Vigilant.

Out of that dream came rescue; the ship Vigilant.

Das Vizeadmiralsgericht und die Straßen von Dunedin.

The vice-admiralty court and the streets of Dunedin.

Die lange Heimreise zum alten Haus am Egeberg.

The long voyage back home to the old house by the Egeberg.

Er konnte niemandem erzählen, was er gesehen hatte.

He could not tell anyone of what he had seen.

Hätte er die Wahrheit gesagt, hätten sie ihn für verrückt gehalten.

Had he told the truth they would have thought he had gone mad.

So schrieb er heimlich über das, was er vor seinem Tod wusste.

So he secretly wrote of what he knew before death came.

„Der Tod wäre ein Segen, wenn er nur die Erinnerungen auslöschen könnte."

"Death would be a boon if only it could blot out the memories."

Das war das Dokument, das Johansen hinterlassen hat.

That was the document Johansen left behind.

Und nun habe ich dieses Dokument in die Blechdose gelegt.

And now I have placed this document in the tin box.

In der Schachtel befindet sich auch das traumhafte, geschnitzte Flachrelief.

In the box is also the dream carved bas-relief.

Und ich habe die Unterlagen von Professor Angell beigefügt.

And I have included the papers of Professor Angell.

In dieser Kiste soll auch mein Archiv mitgeführt werden.

With this box shall go this record of mine.

Diese Notizen sind zu einer Prüfung meines eigenen Verstandes geworden.

These notes have become a test of my own sanity.

Aber ich hoffe, meine Entdeckungen werden nie wieder zusammengefügt.

But I hope my discoveries are never be pieced together again.

Ich habe alles betrachtet, was das Universum an Schrecken bereithält.

I have looked upon all that the universe has to hold of horror.

Doch mittlerweile ist mir selbst der Frühlingshimmel finster.

But now even the skies of spring are darkness to me.

Selbst die Blumen des Sommers sind mir für immer Gift.

Even the flowers of summer are forever poison to me.

Aber ich glaube nicht, dass ich noch lange leben werde.

But I do not think my life will be long.

Wie mein Onkel ging, so wird auch mein Ende kommen.

As my uncle went, so shall my end come.

Wie der arme Johansen, so wird auch meine Zeit kommen.

As poor Johansen went, so shall my time come.

Ich weiß zu viel, und der Kult existiert immer noch.

I know too much, and the cult still lives.

Auch Cthulhu lebt noch, nehme ich an.

Cthulhu still lives, too, I can only suppose.

Ich nehme an, Cthulhu befindet sich wieder in diesem steinernen Abgrund.

I assume Cthulhu is again in that chasm of stone.

Die Stadt, die ihn seit den Anfängen der Sonne beschützt hat.

The city which has shielded him since the sun was young.

Ich weiß, seine verfluchte Stadt ist wieder einmal versunken.

I know his accursed city is sunken once more.

Die Besatzung der Vigilant segelte nach dem Aprilsturm über die Stelle.

The crew of the Vigilant sailed over the spot after the April storm.

Doch seine Diener auf Erden verehren noch immer seine Wiederkunft.

But his ministers on earth still worship his return.

An einsamen Orten versammeln sie sich um ihr Idol.

In lonely places they congregate around their idol.

Und sie brüllen, tanzen und morden in satanischen Ritualen.

And they bellow and prance and slay in satanic ritual.

Er muss vom Versinken seines schwarzen Abgrunds gefangen gewesen sein.

He must have been trapped by the sinking of his black abyss.

Andernfalls würde die Welt inzwischen vor Angst und Raserei schreien.

Or else the world would by now be screaming with fright and frenzy.

Wer weiß, wie das Ende aussehen wird?

Who knows how the end will come about?

Was aufgestiegen ist, kann sinken, und was gesunken ist, kann aufsteigen.

What has risen may sink, and what has sunk may rise.

Abscheulichkeit lauert und träumt in der Tiefe.

Loathsomeness waits and dreams in the deep.

Und der Verfall breitet sich über die wankenden Städte der Menschen aus.

And decay spreads over the tottering cities of men.

Es wird eine Zeit kommen, da diese Stadt wieder aus dem Meer emporsteigen wird.

A time will come where that city rises out the sea again.

Aber ich darf nicht darüber nachdenken, wann dieser Tag kommen wird!

But I must not think about when that day will come!

Ich habe einen Wunsch, falls dieses Manuskript mich überleben sollte.

I have one prayer if this manuscript outlives me.

Ich bete, dass meine Testamentsvollstrecker Vorsicht vor Wagemut stellen.
I pray my executors put caution before audacity.
Ich bete, dass dieses Manuskript niemals in fremde Hände gerät.
I pray this manuscript meets no other eyes.

*****

Gefunden im Nachlass des verstorbenen Francis Wayland Thurston aus Boston.
Found among the papers of the late Francis Wayland Thurston, of Boston.